AF450714

HAYDEN

MR. KILLER-BOT

Sam Aly

EDIQUID

Mr. Killer-Bot
© Sam Aly

Editado por: Corporación Ígneo, S.A.C.
para su sello editorial Ediquid
José Olaya 169, Ofic. 504, Miraflores. Lima, Perú
Primera edición, octubre, 2024

ISBN: 978-612-5160-53-9
Tiraje: 50 ejemplares

Hecho el Depósito Legal en la Biblioteca Nacional del Perú N° 2024-08457
Se terminó de imprimir en octubre del 2024 en:
ALEPH IMPRESIONES SRL
Jr. Risso Nro. 580 Lince, Lima

www.grupoigneo.com
Correo electrónico: contacto@grupoigneo.com
| Teléfono: +51 955 071 270
Facebook: Grupo Ígneo | X: @editorialigneo | Instagram: @grupoigneo

Colección: Nuevas Voces

ÍNDICE

La nueva era de la ciencia ficción, comienza aquí.

Sam Aly

CAPÍTULO 1
EL ASESINO
DE MÁQUINAS

El asesino de máquinas.

A través de la pared corre aceite se escucha cada chispa eléctrica saliendo de lo que alguna vez fue una máquina en su totalidad, de esas que tienen circuitos por doquier, aquellos llamados:

Robots

El espacio se siente vacío, tétrico y sin alma, sin un aliento de vida humana. Las alarmas se escuchan de fondo mientras amenazan a aquello que se observa a lo lejos: un tipo volteado con un arma, dispuesto a saltar desde la ventana. Alguien que se hace llamar a sí mismo:

Mr. Killer-Bot

El salto es apresurado, la lluvia se vislumbra con todo su encanto. Las luces de neón reflejan el impacto provocado por la ruptura del vidrio, que cae lentamente impulsado por la gravedad. Luces de color rojo y azul se denotan a lo lejos mientras las patrullas recorren los cielos. La única opción será descender sin esperar seguir vivo.

Reportaje especial:

—El día de hoy anunciaremos una lamentable noticia que tomara por sorpresa al mundo como nunca antes. Anoche, el primer robot conocido como el Makh 1, creado por Axl Hayden y Adam

Lyfer, ha sido asesinado. Algunos testigos rumorean que fue un acto planeado, mientras que otros aseguran que fue un acto transgresor dirigido a las industrias Hayden, responsables de crear nuestro futuro.

»Como podrán ver, aquí me encuentro con el colaborador y cofundador de las industrias Hayden, el científico ya antes mencionado, el galardonado responsable de todo, el Dr. Adam Lyfer.

—Buenos días, televidentes. Buenos días, Srta. Monroe. Gracias por haberme permitido estar aquí hoy con ustedes. Sin embargo, mi alegría reflejada en esta cara no aparenta ser lo que es. Verá... el robot Makh 1 fue el inicio de lo que Axl y yo inventamos: un nuevo estilo de vida. Al principio nos consideraron «locos», unos «genios de laboratorio» que jugaban el papel de Dios. Pese a ello, después de demostrar aquella semejanza, se quedaron en shock, sin palabras, boquiabiertos, porque demostramos al mundo que la vida no depende del alma, sino de la tecnología.

»El robot Makh 1 no solo reflejaba lo anterior, sino que era uno de los descubrimientos más ambiciosos después de la penicilina de Fleming, entre otros. Quisiera mencionar que...

El impacto de aquel momento en vivo es atónito, mi cabeza está fría, surge la incapacidad de poder apagar el televisor. La reportera grita con espanto.

¡Los diez disparos fueron hacia el Dr. Lyfer! ¡Lo han asesinado! No imagino la reacción detrás de cámara. Ya he presenciado acontecimientos similares, estos siempre impactan en la historia, de cualquier manera.

Noticias de última hora

—¡Mac Faraday! ¡Hijo! Apaga el televisor y sal de la sala para comer tu cereal y darle de comer a tu hermanito. No te lo volveré a decir, jovencito.

Mi tía interrumpe mi pensamiento y continúa:

—¿Desde cuándo las personas que cumplen la mayoría de edad se creen muy grandecitos? No sabes lo que es ser padre.

—Buenos días, tía Dorys.

El joven Faraday toma una silla y se sienta desanimado, su mente está en blanco, siente la nada mientras su pequeño sobrino lo mira sorprendido, en silencio, para después de unos segundos decirle:

—Mmm, ¿listo para el desayuno?

—No lo sé, pequeño.

La contestación de nuestro protagonista hace que su pequeño hermano le pregunte algo más:

—¿No vas a desayunar tú?

—No me hace falta. Me tengo que ir, cuida a mamá.

Mac Faraday se retira diciendo lo último, saliendo a la Metrópolis del 2084 conocida como:

Electrick-City.

Mientras oculta sus ojos detrás de sus lentes azules, su mente se dispersa hacia otro camino, a la vez que se dirige hacia su destino, cargando una mochila. Observa a los futuristas rascacielos y encuentra en ellos pantallas gigantes que anuncian a los dirigentes de esa gran ciudad, el rey Klauss y la reina Aurora acompañados de su hija, la Princesa Gótica, quienes darán un gran desfile real en honor al caballero futurista de esta ciudad, su héroe conocido como Neo-Knight.

Mientras admira lo anterior, alcanza a ver en otra pantalla las noticias que sacudieron al mundo la noche anterior, cuando el misterioso asesino de máquinas aniquiló al primer robot. Después de mirar las pantallas, se dispone a volver a su camino. No recuerda los episodios de anoche, si es que en verdad los vivió. Para él jamás acontecieron.

«Las personas caminan alegres y con esperanza, ¿será por las fechas en las que el invierno ha llegado a casa?», nuestro protagonista se pregunta lo anterior mientras a su vez escucha las campanas de una iglesia que retumban a lo lejos. Dentro de un callejón baldío ha llegado a su destino. Jalando una palanca roja, ladrillos grafiteados comienzan a separarse descubriendo un elevador por el que ingresa. Las puertas de este último se cierran y, de repente, está en el subterráneo.

Las puertas se abren desvelando el interior, antorchas por doquier iluminan el ambiente, que es medieval, de hierro y metal. Allí se observan armaduras de caballeros, espadas filosas, armas de los siglos pasados, libros clásicos y novelas fantásticas, como si de una biblioteca se tratase. Hay un trono justo enfrente y un individuo leyendo, muy atento, lo siguiente: «Mientras él caminaba, dejaba todo en el pasado haciéndose un hombre nuevo con su futuro alado».

—¿Quién lo escribió?

—Es anónimo, Mac, es anónimo... alguien desconocido, ¿no es así? Me da gusto volver a verte, amigo mío.

—Gracias, Hans, o, mejor dicho, Neo-Knight.

Neo-Knight se levanta del trono en compañía de su espada para darle a su amigo un buen apretón de manos. Después de eso, se dirige a lo que él llama «la mesa de los siglos». Según la leyenda que Neo-Knight le contó alguna vez a nuestro protagonista, en esa mesa se sentaron cada uno de los caballeros de su familia, los

Castlesword. Aquellos que, en las generaciones pasadas, marcaron un antes y un después en sus respectivas eras.

En el centro de la mesa se encuentra un mundo flotante, uno que, con tan solo tocarlo, muestra la información pasada y actual del sitio seleccionado. Mientras todo esto es visible, se preguntarán, ¿por qué la visita de nuestro protagonista? Su respuesta se les será concedida enseguida.

Neo-Knight presiona un botón que despliega, de manera veloz, una cápsula criogénica y esférica que se abre revelando la cabeza de alguien, de algo conocido como un robot.

—Mr. Killer-Bot ayer me la entregó, Mac, es la cabeza del primer robot, el Makh 1, que anunciaron en las noticias de hace unas horas. La conservé en esta cápsula criogénica para que se mantuviera en el estado en el que me la otorgó. Me dijo que vendrías por ella, quizás tú sabrás que hacer con ella.

Mac toma la cabeza del robot, contemplándola de arriba a abajo mientras notaba su rostro en el reflejo metálico. En su interior piensa que tiene una conexión, algo familiar que lo hace vulnerable y lo hace perderse en el acertijo de un enigma. Para que luego de algunos escasos segundos, Neo-Knight le mencione:

—Sabes, lo que el mundo ayer consideró bueno quizás mañana lo considere malo y viceversa, Mac. Creo que ese robot es la clave que Mr. Killer-Bot está buscando para derrumbar las industrias Hayden. Además, trata de buscarle sentido a la existencia humana, ¿no es así?

—Jamás se lo he preguntado, quizás considera que una máquina no puede valer lo mismo que una vida humana, quizás jamás pensó que el ser humano llegaría a considerarlas como tal. Como consecuencia de lo anterior, aunque el mundo ignora cuál es su verdadero nombre, lo han apodado «el asesino de máquinas», un criminal del futuro, todo lo contrario a ti, Hans.

La cabeza del primer robot

—Tal vez sea cierto, Mac —contestó coincidiendo con él—, pero el mundo cambia tanto para bien como para mal, aunque la mayoría de las veces sea para eso último.

—Lo sé, Hans, lo sé. Olvidémonos de lo anterior. ¿Cómo vas con la Princesa Gótica?

—Es… complicado, mi buen amigo. En especial, porque ya no son como las princesas de los cuentos de caballeros y dragones.

—Interesante —contestó Mac sonriendo y despidiéndose de su amigo mientras se alejaba hacia el elevador por donde descendió, para subir de nuevo a Electrick-City.

Mientras subía por el elevador, una nostalgia desconocida lo invadió, haciéndole recordar los relatos que ha escuchado sobre cómo antes era la vida, sintiendo que esos tiempos no le pertenecen, y sintiendo un efímero y lejano ayer que jamás existió.

Lo anterior se queda en el pasado, pues al salir de la guarida del caballero futurista, corre hacia un callejón sin salida, oculto por la gran neblina del mismo lugar. Vigilando que nadie lo vea, abre la mochila que lleva consigo, saca una máscara, un visor y un casco. Al portar todo lo anterior, un nuevo individuo abre los ojos. Él ya no es Mac Faraday, sino alguien completamente distinto. La niebla que cubre todo el lugar se despeja, y de ella emerge el asesino de máquinas a quien conocemos como Mr. Killer-Bot.

Observa la cabeza metálica que alguna vez sostuvo Mac Faraday, aquella decapitada por sus propias manos la noche anterior. Destruyéndola, comienza a extirpar su interior, encontrando al final un rollo cinematográfico. A consecuencia, ahora se dirige a un nuevo destino, uno llamado:

The Noir Cinema.

CAPÍTULO 2
BIENVENIDOS AL NOIR CINEMA

El Noir Cinema

Las brisas del viento cada vez son mayores mientras avanza, pero él no las siente. El cine es antiguo, viejo, un lugar ya no muy concurrido, tiene poca luz que dispersa un poco de oscuridad. Es un espacio vacío y oxidado.

Sus asientos de piel, giratorios y flotantes todavía funcionan gracias al electromagnetismo, algo de música clásica se escucha por las dañadas bocinas del alrededor. Sin embargo, MKB[1] no está aquí para observar eso, está en la búsqueda de algo más. Subiendo las escaleras de la última sala en funcionamiento, la silenciosa figura llega a una puerta, la cabina de proyectores.

El rollo que se encontraba dentro de la cabeza del primer robot, el Makh 1, solo es capaz de ser reproducido por medio de alguno de los que se encuentra en este lugar, dado el tipo de formato que es del pasado. MKB enseguida inserta el rollo en la máquina, presiona un botón que la enciende y comienza a proyectar la cinta.

—Damas y caballeros, nos encontramos en la V Convención Mundial de Electrónica. Entre todo este público podemos ver en el escenario a dos mentes revolucionarias de nuestros tiempos, me refiero a los señores Axl Hayden y Adam Lyfer, quienes hace poco han creado lo que todo el mundo conoce como el primer humano eléctrico. No obstante, en esta ocasión vienen con otra revolucionaria idea, una fría y enigmática. Me refiero a la nueva cápsula criogénica, una cápsula que pausará la vida presente para despertarla en el futuro. Esto será posible mediante una suspensión en base a temperaturas bajo cero, como en la ciencia ficción.

»Al parecer si acercamos la cámara podemos apreciar a... una mujer, ¡sí! Al parecer no es madura, es más bien una joven y bella señorita la cual, de forma voluntaria, se ofreció para ser el primer ser humano en ser introducido esta máquina dándonos el ejemplo de valo...

---

[1] Nombre abreviado de Mr. Killer-Bot

—¡Locos! ¡Son unos viles y miserables monstruos sobre la faz de la tierra! Ella sabe su secreto, ¡jamás se ofreció! ¡Ustedes la forzaron!

La cámara se acerca a ese individuo que está gritando allá a lo lejos.

—Donny, acércala.

—Ustedes malditos bastardos ¡sufrirán el castigo eterno!

¡¡¡BANG, BANG, BANG, BANG, BANG, BANG, BANG, BANG, BANG, BANG!!!

El proyector es atravesado por múltiples balas que al parecer vienen de abajo. La pantalla también es agujerada haciendo que se fragmente, provocando que, poco a poco, se desplome su vidrio cristalino. Los disparos retumban como una ráfaga de truenos disparando a todo a su alrededor y, mientras ocurre, un desconocido, con voz ronca y fría, pregunta de forma lenta y rígida:

—¿De dónde has salido, observador? ¿Acaso te escondes del temor? Te anuncio que nadie sobrevive después de haber visto lo que tú viste. Nadie sobrevive ante los *punksters*.

Ante el anuncio no hay respuesta alguna, solo se escucha al vidrio mordiendo el polvo en el silencio de la sala vacía. De repente, las luces que alumbran al desolado escenario comienzan a parpadear. Con detenimiento y más velocidad, su frecuencia aumenta como un latido desesperado a punto de explotar hasta que se apagan. Los amenazadores futuristas se alarman, jamás esperaron esto, entre ellos murmuran sus temores mientras se reúnen en un círculo alrededor de su jefe.

Sus suspiros se escuchan a la lejanía, su miedo se delata por cada gota de sudor proveniente de su frente; en cambio, el desconocido que antes había hablado silba mientras del bolsillo de su

La llegada de los *punksters*

saco toma un yoyó y avanza a lo largo del rojo pasillo. El desconocido caminante comienza a hablar de nuevo:

—Un cobarde… un tonto… ¿quién podrá ser?

¡¡¡BANG!!!

Antes de terminar su siguiente palabra un disparo es lanzado de manera veloz, haciendo contacto con el techo de arriba, nublando la sala del alrededor y provocando que el sistema antiincendios active la alarma roja. Todo el lugar se llenó de agua.

Mientras todo lo anterior es presenciado por el desconocido amenazador desde arriba, una tarjeta desciende desde las alturas hasta los pies de este, la tarjeta le anuncia un nombre que estamos seguros de que no olvidará muy pronto:

Mr. Killer-Bot

Tiempo más tarde nos encontramos en otro escenario, uno no tan común, del año 2084 donde una conversación entre dos personas se está llevando a cabo:

—Panasonic, te dije que este video ya no me sirve, quiero que vengas a mi casa para que me lo arregles.

—Pero, padre Yan, estamos en el futuro, en realidad, estas cosas ni deberían de existir, los VHS son cosas del siglo pasado, no existe una razón lógica para que…

Antes de que el joven comerciante termine la oración, un individuo azota la puerta, quedándose parado durante algunos segundos en la entrada de la tienda mientras se apoya entre las extremidades de esta. El comerciante, sorprendido al verlo, le pregunta de manera directa:

—¿Y tú quién eres? ¿Un hombre o un robot?

MKB no responde y dando un paso adelante hacia el interior de la tienda se desvanece quedando a la suerte de los dos individuos que tenían una conversación.

CAPÍTULO 3
PHIL, PHILIP PANASONIC

Sorpresa desenmascarada

Se oyen voces, ruidos, gritos de júbilo y entre ellos se escucha:

—¡Funciona, chico, funciona! Te dije que todavía era reparable mi televisor lector de VHS.

—Lo sé, lo sé, padre. Aunque creo que tantos gritos despertaron a noqueados invictos.

—¡Gracias a Dios que estás bien!

—Tranquilo, padre, todavía no sabemos quién es.

—¿Quién eres, desenmascarado?

La pregunta le resulta extraña al cuestionado, como un golpe a su realidad, a algo que hacía mucho que no se preguntaba a sí mismo; pese a ello, su respuesta es directa:

—Me llamo Mac Faraday.

—Con que te llamas así, eh...

Durante pocos segundos, ambos individuos se observaron de forma fija hasta que, al final, uno tomo la palabra y dijo de manera amistosa:

—Yo soy Philip Panasonic, y él es el padre Yan, ¿gustas una gaseosa? No te vendría nada mal después del golpetazo que te diste al caer en la entrada de mi tienda. Bueno, en realidad no es mi tienda, es de mi papá, pero, en teoría, yo soy su sucesor y pues, de nuevo creo que no te vendría nada mal, ¿la quieres?

—Claro —Mac contesta un poco confundido y atónito sintiendo aun el estruendo del golpe que a MKB le ocurrió.

—Disculpa mi curiosidad, Mac, pero al momento de tu caída un rollo cinematográfico salió de tu chaqueta, ya sé que no es de mi incumbencia ni nada por el estilo, sin embargo, tiene el sello de las empresas Hayden de hace veinte años.

—No hables de esa empresa, Phil, no hables al menos enfrente de mí.

—¿Por qué lo dice, padre Yan?

—No quiero saber nada referente respecto de aquellos hombres que se quieren igualar a Dios.

—Padre, usted tranquilo, aunque quisieran serlo no podrían, usted dese su baño tranquilo. Descuida, Mac, así es el padre, a veces suele ser todo un personaje.

—Te escuché susurrar, Phil, escuché susurrar eso último, Philip.

—Lo sé, padre, lo sé.

—¿Cómo supiste que es de empresas Hayden?

—Sencillo, Mac, cada veinte años empresas Hayden cambia su logotipo; sin embargo, siempre conserva su símbolo y este rollo lo tiene oculto. Solo se puede ver si eres muy observador y sensible a los detalles. En fin, si lo traes, ¿lo quieres reproducir?

El comentario hace que nuestro protagonista dude y desconfíe de la emergente pregunta, pero algo en él le permite conceder el beneficio de la duda y responde:

—No se puede. La única máquina que era capaz de hacerlo ahora está destruida.

—Nah, déjamelo a mí, tengo justo lo necesario para esta conflictiva situación.

Mientras los minutos pasan, nuestro protagonista admira alrededor. Está en una casa al parecer. En ella se encuentran cosas tan comunes como antiguas, como si de 1984 se tratase. Philip Panasonic saca una cámara de video mientras busca las pilas de esta. Entre tanto, Mac percibe leves heridas cubiertas por algunas vendas.

—Fueron idea del padre, para que sanes más rápido.

—Se los agradezco mucho.

—No hay de qué, para el padre es el pan de todos los días mientras que para mí es mi obra buena del día.

—Veo que te gusta lo antiguo.

—Nostálgico, diría yo. Todas las cosas que ves del alrededor: la tele, la radio, los comics, todo es heredado del padre de mi padre y de mi padre. Son mis tesoros.

—¿Y tu padre?

—Falleció hace tiempo, me dejó encargado de la tienda y la única persona que ahora tengo como familiar es al padre Yan, mi padrino.

—Te entiendo… yo también he pasado por algo similar.

—Bueno, así es la vida, pasan cosas buenas, cosas malas y creo que este es tu día de suerte. Encontré las pilas de este cachivache de cámara que tengo, ahora veamos lo que esta cinta tiene adentro.

Phil apaga las luces y de nuevo la cinta se reproduce, Mac vuelve a ver todo lo que Mr. Killer-Bot vio, tratando de encontrar alguna pista dentro del video que admira hasta que Phil la detiene:

—Espera, ¿es quien creo que es?

—¿Quién? —pregunta Mac sorprendido.

—¿Acaso no viste las noticias de la mañana?, el señor que aparece en el video amenazando al Dr. Lyfer y a Hayden es el mismo que el de esta mañana. Mientras la entrevista por el primer robot se llevaba a cabo, mató al primero de ellos.

—Eso significa que obtuvo su venganza después de tanto tiempo —menciona Mac.

—El que gritaba parecía preocuparle mucho lo que le había pasado a la señorita adentro de la cápsula, era su padre, Mac.

—¿Qué acaba de decir, padre? —Phil pregunta al sacerdote que todo este tiempo estuvo viendo la cinta.

—Sí, Phil, solo a un padre le importa la vida de sus hijos y aquel pobre hombre lo demostró con esos gritos.

—Si el padre está en lo correcto, Phil, necesitaría saber quién es y cómo encontrarlo.

En ese momento Phil se dirige a su computadora clásica de escritorio a buscar información a través de la red eléctrica.

—¡Lo tengo! Según la información que mi cachivache me está proporcionando, hay muy pocos registros de su información como civil o ciudadano, dice que ha cometido varios crímenes y asesinatos a los robots de empresas Hayden. Sin embargo, lo más destacado que encontré es que será sentenciado a la pena de muerte por haber matado al Dr. Lyfer. Su nombre es desconocido, no hay registro de él en toda la base de datos, solo es identificado por el alias del manicomio en el que ha estado.

—¿Cuál es? —pregunta Mac.

—Los amigos destornillados de por allá lo llaman The Madder.

—Si la intuición del padre Yan es acertada, respecto a que es el padre de la señorita adentro de la cápsula, valdrá la pena saber los motivos y las causas del por qué asesinó al Dr. Lyfer esta mañana.

—¿Y sus otros crímenes?

—Acabar con una máquina no es un crimen, Phil, esa es solo una sucia intención para condenar a alguien, excepto por el asesinato que dicen que cometió. Le daré el beneficio de la duda hasta que confiese su versión —Mac responde decidido a la espontánea pregunta hasta que Phil le menciona:

—Bueno, rebelde y, ¿cómo entrarías ahí? No eres doctor, ni psiquiatra ni nada por el estilo.

—Necesitas a un confesor, Mac.

—¿Qué? —dice Phil admirado y sorprendido a la vez ante la iniciativa del padre quien continúa:

—Mac, necesitas que confiese algo, ¿no? Para que un alma se vaya en paz debe de confesar todos sus pecados. Por lo tanto, aunque esté en el manicomio, los sacerdotes y acompañantes siempre son bienvenidos a hacer visitas a todas las almas en pena y más cuando estas se encuentran en peligro de muerte.

CAPÍTULO 4
CONFESIONES DE UN ALMA PERDIDAMENTE LOCA

El manicomio Mayhem

El mañana llegó, al igual que los tres individuos de la noche anterior, en un carro tan antiguo y lejano como el tiempo mismo (era un Rolls-Royce), a un lugar fúnebre y descabellado, conocido por muchos como «El manicomio Mayhem». Las puertas del establecimiento estaban agujeradas y olía a ruin sin esmero. El día era lluvioso y parecía que caía azufre desde el cielo. Los tres individuos emergieron hacia la puerta dejando que el padre se registrara hasta que uno de los guardias los dejó pasar.

El manicomio era un lugar de personas atormentadas. En cada uno de sus ladrillos se encontraba el nombre de cada paciente, como si fueran tumbas que podían ser admiradas por todos aquellos que caminara por ahí. Tenía un montón de relojes por doquier, con diferentes tiempos cada uno, no se sabía si estos eran para mantener la hora en incógnito o para marcar el tiempo que cada paciente lleva allí. Se escuchaban campanas por todas partes, que retumbaban y que, algunas veces, provocaban tanto dolor que los del manicomio agonizaban sin consuelo alguno.

Caminando a través del pálido pasillo, entre ventanas y luces, gritaban de manera gradual, desde arriba y desde abajo, y se escuchaban unas cuantas voces:

—¡Sáquenme de aquí!, ¡ya no quiero vivir! Apaguen las luces, cierren las ventanas, abran la salida, abran paso. ¡No me mires, hace frío! Huele a chivo, ¿dónde estoy?, ¿quién soy yo?, ¿cómo están? Estoy loco, eres gracioso, huele a alcohol. ¡Qué sexi, tontos! Absurdo, estoy enamorado, tengo hambre, quiero hacer el dos. ¡Cállense!, estoy triste. ¿Mamá? Deja de roncar, grúñeme, puñetazo. Soy chistoso. ¡¡¡Hola!!!

Mac camina escuchando cada grito, cada palabra, cada llanto y lamento que daban cada uno de los seres humanos de todas las edades. No puede hacerse el indiferente frente a ellos, piensa para sí mismo que tan solo con ver a algunos en frente de las ventanas, es como si fuera una prisión o una cárcel de máxima seguridad. Merecían ser ayudados, merecían otro tipo de vida, no otra tortura.

Poco a poco se cuestiona si el ser humano es el responsable de su propia condena o si eran los demás los culpables, aquellos seducidos por los medios de comunicación, las influencias del mundo, las malas amistades y todo aquello que alejaba al ser humano de su propia dignidad. Pensaba que, si el futuro era este, ¿cómo debió de haber sido el pasado?, anhelaba haberlo vivido, sin embargo, ya no tiene más tiempo para pensar en ello, sabe que cuando su otra personalidad emerge, todo lo anterior se fragmenta dividiéndose hasta convertirse en algo que el destino le hizo ser: un robot sin vida, sin sentimientos... sin errores. Al final, el tiempo llegó y la confesión con él.

La cámara donde está internado The Madder se encuentra vacía, es la más amplia de todo el manicomio, se ubica en el centro del mismo, encerrada entre varios espejos asemejándose a un espacio cubierto con solo una puerta. Una alarma se activa y provoca que la puerta se abra. De ella sale un aire verde con humo efervescente que empaña los cuatro vidrios de toda la cámara. La atmósfera del ambiente cambia, tornándose fría y decadente y poco a poco las luces comienzan a despampanar con un brillo tan creciente que cuesta mirar. El viento de las ventanas abiertas comienza a soplar mientras los truenos se escuchan:

Al final, con lentitud, una borrosa imagen se revela hasta recobrar su claridad para admirar a quien van a entrevistar. El individuo está atado con una camisa de fuerza, a una silla vertical con dos ruedas a cada lado. Carecía de cabello en el centro, unido a su cráneo estaba una máscara que se extendía de su nariz hasta la mandíbula (con orificios en la boca para permitirle hablar), sus ojos claros tenían un aspecto pálido y somnoliento como si se tratase de una persona recién salida de la eterna oscuridad. Movía la cabeza según los puntos cardinales, de derecha a izquierda y luego de arriba hacia abajo. Su altura no era tan elevada y tenía todas las características de un demente, hasta que una pregunta le fue realizada:

—¿Deseas confesarte?

El extraño no dijo nada, tan solo se quedó callado y sin voluntad, como un animal adiestrado que ha perdido su seguridad. Después de algunos segundos el padre mencionó:

—¿Era tu hija?

En ese momento The Madder tornó sus ojos somnolientos a unos de espanto y sorpresa, gritando a todo volumen con jadeos constantes:

—¡¡¡Sí, sí, sí, sí, sí, sí, sí!!!

Luego de esas exclamaciones, el padre bajó la voz pidiendo que nos retiráramos porque una confesión... estaba a punto de comenzar. Observando el gran reloj ubicado en el techo del manicomio, el tiempo parecía nunca acabar, según Mac. El viento seguía soplando desde los altos ventanales superiores con una brisa escalofriante y sin alma, sin ver ningún rayo de luz traspasar las ventanas.

Sin duda, lo que más costaba era estar en la oscuridad, entre los deteriorados ladrillos naranjas, observando cada gota azul rebotar en un charco de agua inmensa, similar a un mar siniestro. Phil no hacía nada, solo silbar mientras se cambiaba de lugar cada cuarto de hora que pasaba, rebotando su pelota en un pequeño rincón como única distracción.

Al final, después de que el padre impusiera los santos crismas de Unción de los Enfermos al confesado, el tiempo llegó a su fin y las campanas dentro del manicomio retumbaron con gran fuerza:

¡DIN, DANG; DIN, DONG!

La confesión había concluido.

CAPÍTULO 5
LA PENA MORTAL

—Los sacerdotes no podemos revelar los pecados de nuestros hermanos, lo único que puedo decirles es que existe una dama bajo cero.

Al escuchar, nuestro protagonista comenzó a recordar el video que ha formado parte de este misterio. En él aparecía una chica, sí, una señorita de no tan elevada edad que estaba encapsulada en un tubo bajo cero. La confesión tuvo resultado: el padre de aquella dama era The Madder.

Todo parecía tomar sentido, todo tenía coherencia entre sí, todo se vinculaba a un solo enemigo llamado: Hayden. Mac Faraday termina de pensar y enseguida escucha la pregunta de alguien más:

—¿Para cuándo está programada su pena de muerte? —pregunta Phil mientras murmura dando una señal de cansancio.

—Mañana es el día, mi pequeño Phil, mañana —le responde el padre Yan—. No hay más que rezar y esperar a que suceda un milagro en los últimos segundos antes de su muerte para que sea salvado, ¿no lo crees, Mac?

—Recemos y oremos, Phil, recemos y oremos —le contesta Mac retirándose del lugar y dirigiéndose a su casa.

Al poco tiempo de llegar, lo primero que escucha es la voz de alguien. Es su pequeño sobrino quien le pregunta el por qué el desánimo en su rostro. Sin embargo, Mac evita responderle y le pregunta dónde estaba su mamá y por qué seguía despierto a estas horas de la noche. La respuesta no fue necesaria. Su tía estaba durmiendo. Se veía cansada y agotada, parecía que para ella fue un largo día.

Sin más remedio, con mucha sutileza y sin hacer ningún tipo de ruido, se dirige a la recamara de su tía, dándole un beso en la frente, acariciando su mano mientras la cobija. Terminando, enseguida va a su habitación con una duda, caminando lentamente, preguntándose en su interior:

—¿Dónde se encuentra la dama bajo cero?

El tiempo transcurrió de forma peculiar, deseando que las cosas no pasaran así para The Madder, ya que sería una nueva víctima de la muerte.

Durante el camino hacia el manicomio, su interior se turbaba (aunque en su exterior no se notaba). Deseaba que, tal vez, hubiese habido más tiempo entre The Madder y él para saber cuál era el secreto de la empresa que le había arrebatado la vida a The Madder y a su amada hija. Mac continuaba cuestionándose sobre el paradero de esta última, sabía que su alter ego MKB podía ayudar. Sin embargo, ya no había marcha atrás ni nada que dentro de sus posibilidades pudiera hacer, su parte humana tenía miedo.

Al entrar al manicomio, se admiraban filas de robots soldados custodiando la puerta de entrada, como si fuesen los robots reales de Inglaterra. Había uno parado detrás del otro en líneas rectas y paralelas, programados para acatar cualquier orden que se les comande como tarea. Había una gran audiencia de personas, la mayoría estaba a la espera para ver cómo uno de los criminales más buscados de las últimas tres décadas sería condenado a muerte. Entre la gran multitud se encontraban reporteros y camarógrafos aglomerándose entre sí, como si este fuese el gran evento del año.

Hay tantas personas que me es difícil pasar, aunque hay que darles un poco de crédito, dado a que, gracias a ellas, la mayoría de las guardias y los soldados estaban distraídos. Después de evadir todo el circo, logró entrar, buscó al padre y a Phil, algo que resulta difícil por todo lo ya mencionado, aunque eso no me impide continuar mi búsqueda. Reviso la planta baja, subo las escaleras hacia la planta superior hasta que, al final, veo las espaldas de lo que buscaba.

—Qué lugar tan lleno, ¿no lo creen? —preguntó para comenzar a dialogar.

—Por eso tomamos la vista desde arriba, Mac, aunque no sé por qué queremos ver a alguien morir —dijo Phil mientras miraba a todos a través de sus binoculares.

—Le prometí que lo acompañaría hasta los últimos segundos de su muerte —respondió el padre Yan, de manera abierta, mientras su mano derecha reposaba en el tubo del balcón y la izquierda en su bastón.

Al instante, agregó:

—Ya estoy cansado hijo, en verdad estoy cansado, que el padre Dios me perdone, pero en verdad ya no tolero estar parado, mis piernas ya no dan para más a mis ochenta y cuatro años.

—¿Esos años tiene, padre? —pregunta Phil sorprendido.

—Sí, hijo. ¿Acaso pensaste que todavía tenía la eterna juventud para seguir viendo a las señoritas que estás mirando?

—Este... no sé de qué está hablando, padre Yan —respondió Phil todo ruborizado al padre con una sonrisa delatadora y agrega—: En un momento vuelvo, padre. Traeré una silla para que no se case más, digo, canse.

Phil se retira para «buscar» una silla, dejándonos al padre y a mí solos.

—¿Se sentía triste cuando usted lo confesó? —le pregunto al padre.

—No, hijo, se sentía más bien angustiado. Era un alma que necesita descansar y descargar su peso para dialogar con alguien tranquilo.

—¿Cree en todo lo que confesó? —pregunto mientras lo duda.

—Si yo no lo creo, ¿quién más le creerá, hijo?

Esto último me deja pensando durante unos segundos para dialogar de nuevo diciéndole:

—Yo puedo traer la silla, lo noto cansado.

—No, hijo, de eso ya se está encargando el otro muchacho, lo que sí necesito es una compañía que me acompañe para afrontar lo que pasa.

Y así durante unos minutos, el padre y Mac esperan a que el momento llegue hasta que el juicio dio inicio.

—¡Orden, orden en la sala! ¡Orden por favor! Estamos aquí reunidos para presenciar el castigo que se le dará a este hombre que todos llaman The Madder, por haber cometido los crímenes prohibidos dentro de la constitución del año 2050. Hoy, declaramos a este hombre culpable de todo lo anterior, al menos que se presente lo contrario.

Nadie de la audiencia habla para denunciar lo contrario, nadie excepto el grito de una voz chillona que emerge desde el fondo:

—¡Mis huevos dicen Francis!

En ese segundo, toda la audiencia comienza a gritar y a zangolotearse alrededor para que de nuevo el juez exclamara:

—¡Orden, orden, orden en la sala, por favor! A ese hombre que gritó esas tonterías sáquenlo o métanlo al manicomio.

Varios guardias se llevaron al vagabundo Francis mientras seguía gritando:

—¡Mis huevos dicen Francis!

Y dando un suspiro profundo, el juez reanudó:

—Después de no haber visto ni escuchado ninguna declaración o queja en contra de la pena de muerte que se impartirá a este hombre, me complace anunciarles que será la primera sentencia de muerte que se aplicará respecto a esta ley, de la cual me siento muy orgulloso ahora. ¡Que prosiga la pena de muerte!

Juicio de muerte

El mazo del malicioso y maquiavélico juez suena con estruendo, terminado de una vez por todas, con el juicio mortal.

En ese periodo, las cercas eléctricas que cubrían a la gente se empezaron a electrificar para evitar el paso de cualquier persona que intentase impedir esta pena. Se preparaba la cápsula de la muerte (un cilindro en el que insertan a todas las personas que quieren morir por eutanasia en base a un químico verde que al de cubrir toda la cápsula, mata a la persona al hacer contacto con él). Llegó Phil con la silla todo cansado y besuqueado diciendo:

—Lamento la tardanza, señores —dijo jadeando—, tuve que consolar a algunas damiselas antes de que murieran de tristeza. ¿De qué me perdí?

Al terminar de decir eso, las luces de todo el alrededor se apagaron para solo enfocarse en su nueva víctima: The Madder.

En ese momento, la orquesta eléctrica empezó a tocar, una pieza no común, pero ideal. *O Fortuna* comenzó a escucharse. The Madder estaba siendo introducido a la cápsula mientras las voces sonaban con estruendo en el lugar. Parecía muy tranquilo, como si aceptara su fin de una manera muy pacífica, contrario a la canción. Ningún rasgo de miedo se notaba en su rostro, es más, una sonrisa se dibujó mientras era encapsulado. El vidrio selló, el humo salió y, poco a poco, inundó su interior mientras la ópera seguía con vigor.

La cápsula de la muerte, al estar cubierta por completo, evitaba ver la cara del individuo. El humo no se despejaba hasta que, al final, llegó el coro de la ópera y una serie de luces comenzó a parpadear acorde a él. La sala se llenó de temor, uno elocuente y tétrico, como el coro y su estruendo. Phil comenzó a sorprenderse. El padre empezó a rezar.

Se oyó un ruido de algo que se rompió sin piedad. El cristal en el que The Madder había sido encapsulado ahora estaba roto y sin seguros. La ventana que daba al exterior estaba abierta y hueca. Nadie sabía lo que sucedía, nadie sabía lo que está pasando. Lo único que se sabía es que... ¡The Madder ha escapado!

Las preguntas del por qué pasó todo eso todavía siguen siendo una gran duda para nuestro protagonista. El aura de misterio es lo único con lo que la gente empatiza, en especial, porque el gas verde que salió por la cápsula de la muerte no es venenoso, tan solo está pintado para asemejarse al color que tiene el original.

Toda la corte se asoma a través de sus taburetes, esperando a que algo sorpresivo pase después de lo que sus oculares presenciaron, mientras se volvían a colocar aquellas pelucas de rollos de pelo blanco que se solían utilizar en los anteriores siglos. Las luces con detenimiento dejan de parpadear, reestableciéndose a su frecuencia normal. En el interior de la cápsula de la muerte se delata una llave de refacción, aquella que quizás ocasionó el escape del condenado.

CAPÍTULO 6
ABISMO MECÁNICO

Las alarmas sonaron por doquier, se asemejan al azul del ayer. Estas empezaron a encender, como una flama entre una red.

Admirada e impactada, la audiencia comenzó a observar que cada una de las puertas del manicomio comenzaron a abrirse, una por una hasta llegar a la última, desatando así a una muchedumbre que lucha por sobrevivir. El pánico abunda sobre todos los presentes; los encarcelados comenzaban a reír, llorar y morir, parecía que todos tenían alguna emoción, excepto nuestro protagonista.

—¿Qué es todo esto? —preguntó el padre atónito frente a lo que sus ojos observaban.

—Venga, padre, tú también, Phil. Los llevaré a un lugar seguro.

—¿Y cómo sabes dónde se encuentra ese «lugar seguro» que dices, Mac?

—Sencillo, Phil, el lugar donde menos peligro hay es donde menos gente hay.

Con esta deliberada respuesta nuestro protagonista lleva a sus dos acompañantes a un lugar apartado de esa muchedumbre atrapada por el miedo, para luego decirles ya en ese «seguro lugar»:

—Abran la puerta que está aquí con este cerrajero eléctrico, esta puerta los llevará hasta la salida, no me sigan, yo los encuentro.

—¿Cómo? —pregunta Phil sorprendido.

—Más tarde lo sabrás.

—¿Qué vas a ser, Mac? —le grita el padre mientras se aleja de ellos.

—Buscar a un prófugo. Y otra cosa, al ponerme la máscara ya no seré el Mac que solían conocer.

—Entonces, ¿quién serás? ¿Robo Cop, Terminator? —le gritó Phil.

Sin dar respuesta Mac, avienta una tarjeta que revela el nombre que todos ya conocemos, se coloca la máscara, visor y casco para convertirse en su alter ego: Mr. Killer-Bot.

Debajo es una pesadilla, parecía que el mismo infierno había ascendido a la faz de la tierra, por ello MKB sale de donde está. Poco a poco se adentra en este abismo infernal. Caminando, observa que todos los encarcelados se vuelven locos a su paso mientras los robots tratan de controlar a todo el público sumergido en pánico.

Los gritos abundan a través de su entorno, unos más fuertes que otros, mientras todos avanzaban a la única salida ubicada al final del largo pasillo. Sin embargo, todo lo anterior parece pasar desapercibido en la mente de MKB, quien tiene como objetivo cruzar la rota ventana que está en su mira. A pesar de que todo se desploma, él continúa avanzando entre la gente tirada en el suelo. Unos ya estaban caídos, otros estaban lastimados y algunos estaban siendo atormentados.

Sin embargo, a nuestro protagonista no le causa ninguna emoción o sentimiento todo lo anterior, al contrario, su indiferencia se ve marcada en cada paso que da hasta que llega a su objetivo. Al llegar, apunta su puño disparando un gancho que se despliega hacia arriba para llegar a una rota ventana, para ascender e ir en busca de su objetivo, aunque antes de salir escucha algo que reconoce:

¡¡¡TRASK, TRASK!!!

Esos golpes metálicos indican algo, no puede evitar mirar hacia atrás para darse cuenta de que un robot está matando a un enfermo que se defendió con sus manos. En él algo reacciona, ve que ninguno a su alrededor lo ayuda o siquiera hace el intento, algo que le ha impedido salir en búsqueda de su objetivo. Su visión es remota y le provoca volver al abismo. La víctima atormentada por la máquina sabe que el robot no tiene emoción, que solo sirve bajo alguna función, sus ojos van y vienen mientras escupe a su alrededor. Trata de no darse por vencido tomando el brazo del robot para detenerlo; sin embargo, no le funciona, provocando que el mismo robot le rompa su brazo y dé un gran grito de dolor.

¡AGHHHHHH!

Azotado en el piso, suplica piedad; sin embargo, nadie lo escucha, parece que a todos les da igual su condición actual. No evita recordar cuántas veces le dijeron en su pasado que estaba mal, no evita escuchar que algunos de los que fueron sus compañeros de celda ahora están a su alrededor deseándole y maldiciéndole que muera, su fin está marcado, cada impacto es cada vez más llanto, lo único que le queda ahora es mo...

¡¡¡PTWUFFFFFFF!!!

Un disparo atraviesa la cabeza del robot antes de que pueda dar el último golpe, provocando que este último caiga derramando todo el aceite en el piso. Los que estaban a su alrededor corren atormentados hacia sus celdas, no creen lo que ven porque jamás lo habían visto antes, él ha llegado (ustedes ya saben quién). Enseguida de haber asesinado al robot, el siguiente acto no se hace esperar, todos los robots van tras él. Uno a uno van cayendo, mordiendo el polvo mientras él continúa disparando. El público alrededor lo admira, es captado por las cámaras, jamás habían visto a MKB en acción.

Mr. Killer-Bot en acción

Al final, después de acabar con los centinelas engranados, se retira caminando, de manera pacífica; sabe que su objetivo no se encuentra aquí. MKB camina por el destruido pasillo lleno de máquinas muertas, mientras las alarmas y los truenos suenan retumbando todo el lugar. Se detiene a mirar por un momento al humano que estaban a punto de matar, lo observa y luego se marcha. ¿Acaso MKB no tiene la consideración de ayudarlo? ¿Solo lo observó para ver si seguía vivo? Estos y muchos pensamientos más surgieron entre la multitud que, por primera vez, presenció la matanza mecánica de sus vidas, aunque en cada ejército caído siempre se encuentra un sobreviviente.

CAPÍTULO 7
PERSECUCIÓN MORTAL

En el cristalino cielo abunda la oscuridad, cada gota de lluvia impacta contra la superficie terrestre, MKB va en busca de alguien, alguien que se hace llamar The Madder. Las personas avanzan de un lugar a otro, la población se ha incrementado mucho, quizá demasiado, al punto de ya no caber entre toda la multitud aglomerada en el tránsito normal. Esto puede ser un obstáculo para cualquiera que este siguiendo a una persona, o cualquiera que en este momento quiera llegar a un destino desconocido.

En las noticias se logran apreciar situaciones como los Zepelín, que vuelan alrededor de toda la ciudad sobre su oscura y azul aurora, anunciando lo que hace minutos había pasado en el manicomio. Según los videos e informes, este acto merece ser penalizado, este individuo debe ser condenado, sin embargo, para todos los noticieros no se sabe quién es ese individuo. Tal vez lo descubran.

Volviendo con nuestro protagonista, su persecución todavía no ha llegado a su fin. Las calles que atraviesa presuroso están llenas de carros y personas que parecen seguir rumbos diferentes y contrarios. Sin embargo, al parecer no es tan difícil encontrar a alguien si te detienes para observar alrededor. Es cierto que todos caminan, pero no con el mismo ritmo ni frecuencia, no con la misma preocupación de querer llegar a un lugar. Estos análisis anteriores son la base de MKB para buscar, entre todas las personas, mientras se detiene arriba de unas escaleras. La tarea es ardua, requiere concentración y esfuerzo, sin embargo, la búsqueda ha sido exitosa.

MKB al identificarlo, no duda en su siguiente movimiento y empieza a correr tras su objetivo. The Madder parece preocupado, mira a todos alrededor, parece como un niño perdido en busca de alguien, es el único entre todas las personas que no usa ni siquiera un paraguas para cubrirse el rostro de la emergente lluvia. La persecución continúa a un ritmo pasivo, MKB se encuentra cada vez más cerca de su objetivo, quiere saber a dónde se dirige, quiere saber cómo escapo y para qué, sin embargo, alguien grita:

—¡Yo conozco a este tipo, es el que acaban de ver en las noticias, es el que estaba en el manicomio!

Cuando toda la gente escucha lo anterior, la multitud empieza a gritar provocando que The Madder entre en un ataque de pánico y adrenalina lo que le obliga a que corra de manera paranoica hacia su destino. MKB empieza a perseguirlo empujando a toda la gente de su alrededor, chocando contra algunos carros y parabrisas hasta que al final logra ver hacia donde se dirige: a la torre Hayden. The Madder sube apresurado las escaleras de la gran torre, su destino es la cúspide de esta. A pesar del clima, sigue avanzando y ascendiendo a esta gran torre que se asemeja a la de Babel.

El viento es frívolo y salvaje como la lluvia de este nubloso y relampagueante clima.

El miedo parece no afectarle en lo absoluto, aunque cualquier minúsculo tropiezo lo puede llevar a descender a una muerte infalible. Todo lo anterior no le importa y sigue avanzando hacia su objetivo. MKB va tras él, retrasado por el tiempo, sin embargo, sabe lo que se requiere hacer. Al final, la espera acabó, la escala eterna al fin cesó, The Madder ha llegado a su destino.

Caminando hacia la pared ve un cartel, un anuncio antiguo y deteriorado de las empresas Hayden. Quitando este último, descubre un muro en donde, de repente, aparece una puerta casi invisible. The Madder la abre como si entrase a su propia casa. Después de un par de segundos, se puede escuchar algo metálico aterrizado en el mismo piso, un gancho se desliza rápida y volátilmente hasta clavarse en un extremo del edificio. MKB ha ascendi-

La torre Hayden

do. Ya arriba nota que el cartel está removido y se vuela al ya no estar más agarrado al muro. Observa el recorrido del cartel, que vuela como una cometa que surca entre la tormenta y el aire hasta al final terminar descendiendo, por consecuencia de la atónita lluvia. Después de mirar eso, vuelve hacia su objetivo y percibe que la puerta está abierta, disponible para entrar en ella, así que sin titubear ingresa sin dar un paso atrás.

CAPÍTULO 8
LA DAMA BAJO CERO

Al entrar, todo se asemeja a una fábrica, una a temperaturas bajo cero. Las tuberías, los ventiladores y enfriadores, todo expulsa un frío transformado en constante vapor, asemejándose a una refinería siniestra. Todo está reluciente e iluminado por sus azules y cristalinos muros, sin embargo, todos los detalles solo son para envilecer lo que más impacta de él: una colección de objetos, personas y cosas indescriptibles. Se encuentran dentro de una cápsula bajo un sueño del que no saben si despertarán como ratas de laboratorio. Dejando a un lado la decepcionante descripción de todos los individuos, MKB baja las escaleras en busca de su objetivo.

Al fondo del profundo pasillo, observa una silueta en blanco, una silueta que no alcanza a percibir debido a la niebla constante del mismo lugar. Esa figura está dentro de una cápsula, sin embargo, es diferente a las demás. Acercándose de manera lenta, mientras despeja la niebla, alcanza a notar que la figura tiene un tamaño un poco más grande y está rodeada con un púrpura fosforescente que resplandece entre todas las cápsulas considerando a esta última como «especial».

MKB se acerca a la distancia, cauteloso camina hacia el individuo que persiguió tiempo atrás, evitando cualquier sonido y reacción que lo pueda ahuyentar. Avanza paso a paso hasta que de pronto escucha el rechinar de la puerta por la que entró. Tal vez fue el viento quien ocasionó el sonido, eso pensaría cualquier persona que deja abierta una puerta en medio de una tormenta. Sin embargo, después de aquel rechinido algo comienza a escucharse, algo más metálico.

Sin otra opción, voltea y observa con una mirada fría al responsable de aquel sonido: a un metálico individuo, un robot parecido a uno de los que ya había asesinado en el manicomio. Este luce diferente e imponente, es un modelo más avanzado de gran tamaño y proporción, es superior al resto y avanza sin ningún comando, sin ninguna interferencia humana. Es autónomo y eso representa un nuevo problema.

MKB se oculta para no ser detectado, el robot empieza a rastrear con su radar ocular, no a nuestro protagonista, sino a su principal objetivo: The Madder. Este último ha sido localizado y una vez encontrado nada ni nadie lo detiene, la persecución inicia. The Madder todavía no se ha dado cuenta de lo anterior, tan solo está contemplando a quien está en el interior de la cápsula que observa, a una dama bajo cero, arrebatada de sus manos hace ya tanto tiempo. No deja de mirarla mientras recuerda, poco a poco, cada uno de esos momentos en un silencio opacado por un solo apellido: Hayden.

Agarrando su cabeza, lleno de frustración, The Madder empieza a gritar, rompe en llanto mientras se lamenta, ya nada más importa, ya nada era ni volverá a ser lo mismo porque detrás de él...

Una mano metálica lo toma del cuello con intenciones asesinas, él no suplica, no implora, espera su derrota. De forma paulatina, su respiración vacila, las luces parecen apagarse. ¿Dónde está nuestro héroe? ¿Dónde está nuestro campeón? Sus ojos se tornan rojos, él está a punto de morir hasta que...

¡¡¡PTWUFF, PTWUFF, PTWUFF!!!

Los disparos aciertan y nuestro protagonista entra en escena. Sin perder tiempo, MKB se lanza hacia el robot sin piedad alguna, la máquina asesina ha recibido daños y está dispuesta a devolver los golpes. Este robot ahora tiene un nuevo objetivo: MKB. Arrojando agresivamente a The Madder hacia el piso, despliega su visión láser de calor y apunta a MKB mientras se dirige hacia él. Esquivando y adentrándose de a pocos al campo de batalla, MKB sigue disparando hacia su cabeza, repeliendo el rayo sin detenerse. El robot al observar que este sigue avanzando recurre a otra opción: atraparlo.

Sus manos se despliegan y salen como un cohete en busca del espacio, apuntando hacia las manos de nuestro protagonista. MKB alcanza a dispararle a una mano provocando su caída y que deje de funcionar, mientras que con la otra alcanza su objetivo. Enganchando su mano derecha, el robot asesino provoca que a su enemigo se le caiga el arma con la que estaba disparando, dejándolo sin opción para liberarse.

La mano metálica, ya enganchada, despliega una gran descarga eléctrica en su víctima, la garra robótica de manera lenta empieza a volver hacia su dueño junto con su objetivo. Mientras esto sucede, MKB reacciona lo más rápido apuntando con su mano hacia un tubo resistente que observa a lo lejos disparando una garra que se aferra a su objetivo.

MKB ahora está entre dos extremos, uno mortal y otro esperanzador. Sin embargo, la tensión aumenta, él es el punto de quiebre entre los extremos. Solo uno puede predominar sobre el otro, lo que ocasiona que uno de los dos se rompa, dejando que uno de ellos llegue hacia su dueño. El robot tuvo éxito, al final MKB está cara a cara con él. El robot observa con detenimiento a MKB, nuestro protagonista no ha sido derrotado, sin embargo, a punto de ejecutar un golpe una espada se interpone.

¡FTWEEENNN!

El robot, de repente, es atravesado por una espada única en su tipo, liberando la mano de MKB, dejando que el asesino mecánico caiga al suelo mordiendo el polvo mientras chispas eléctricas y un emergente humo salen de él. Ha llegado el caballero del futuro: Neo-Knight. Envainando su espada de nuevo, Neo-Knight le da la mano a su amigo, diciéndole:

—Si quieres vivir, deja morir.

En ese momento MKB toma la mano de su amigo y se levanta, su fría vista vuelve a quien estuvo buscando: The Madder. Neo-Knight se dirige a este último y le dice:

—Mad, este es un buen amigo mío, su nombre es Mr. Killer-Bot.

The Madder no hace nada más que observar a MKB desde el suelo mientras se recupera de la «casi» estrangulación que acaba de pasar. Al parecer, no hace sino observarlo de pies a cabeza mientras poco a poco se va poniendo de pie para voltearse y apuntar a la cápsula criogénica púrpura donde está su mayor tesoro: su hija. Al observar, Neo-Knight no pierde ni un segundo y se dirige al control situado debajo de la cápsula. El control tiene dos mandos, uno derecho y uno izquierdo, lo que significa que dos personas son necesarias para operarlo y así abrir la cápsula.

Neo-Knight entonces llama a MKB para que lo ayude y juntos empiezan a descifrar el código para poder abrirla, mientras The Madder solo se queda observando la cápsula. A la vez que ambos descifran el código de acceso, uno comienza hablar mientras que el otro solo escucha:

El caballero futurista

—Los códigos de acceso son lo tuyo, ¿no, MKB? Jamás esperé verte aquí, te doy las gracias por haber estado, sin tu ayuda un padre hubiese muerto sin la oportunidad de volver con su hija, yo estoy aquí por lo mismo.

»La curiosidad me invadió en cuanto me confiaste guardar la cabeza y por ello me dispuse a investigar los archivos secretos de Hayden, en donde encontré a las personas que estaban involucradas y su historia de trasfondo. Sin perder tiempo supe que The Madder estaría encerrado después del asesinato que cometió. Fue ahí donde lo visité y le dije que estaba dispuesto a ayudarlo. Lo demás fueron arreglos técnicos por parte de Chris (hablaremos más tarde de él), se ocupó de modificar la cápsula de la muerte donde lo iban a meter, cambiando el veneno por gas del mismo color. En el interior puso una oculta llave de refacción para que después de que toda la cápsula se cubriera, pudiese salir mientras Chris, entre todo el público, provocaba que las luces parpadearan haciéndolas estroboscópicas generando una distracción que atemorizó al público para poder salir.

MKB termina de escuchar sin articular ni una sola respuesta para el caballero futurista, tan solo lo voltea a ver y vuelve a su ocupación actual. Comprendiéndolo, Neo-Knight acepta la fría y común conducta de su compañero continuando el descifrado de los códigos hasta que a los pocos segundos algo se empieza a escuchar con un eco a lo lejos:

Ambos se voltean, uno desenvaina su espada mientras que el otro aprieta los nudillos. De forma lenta, empiezan a observar cómo entre la niebla se aprecia una luz roja parpadeante, aquella que emite también un sonido que se va acercando hacia ellos, hasta que al final, se alcanza a escuchar una voz que dice:

—Mr. Killer-Bot... hijo... ¿te encuentras por aquí?

En ese momento la niebla se despeja revelando que la persona que estaba hablando era... ¡el padre Yan! Neo-Knight le pregunta a The Madder y a MKB si conocen a ese individuo, lo que provoca una respuesta alegre por parte de ellos, como si estuviese dando gritos de júbilo:

—¡Sí! ¡Sí¡ ¡Sí!

Sin embargo, a Neo-Knight no le bastan los gritos que The Madder dio, así que pregunta al que para él es aún un desconocido:

—Y dígame, ¿quién es usted?

—Me llamo Yan, hijo. Soy sacerdote fraile de la orden Agustina.

—Entiendo, ¿es de los pocos que quedan?

—Sí, por desgracia. Pero, ahí se encuentra mi orgullo porque significa que la fe aún sigue existiendo en un mundo sin ella.

—Cierto y ust...

—De hecho, te conozco, hijo, tú eres el héroe de Electrick-City, el que he visto en algunas noticias gracias a mi ahijado, ¿no es así? El «caballero del futuro eléctrico», si mal no recuerdo.

—Exacto, padre. También noté que ya conoce a Mr. Killer-Bot

—Sí, lo conozco y lo he conocido más gracias al individuo que está justo al lado de ustedes.

Cuando el padre dijo eso, todos miraron y observaron que The Madder estaba volteado, viendo todavía a su hija, entonces, el padre les mencionó:

—Muchachos, creo que todavía tienen a alguien a quien liberar.

Es así que MKB y NK vuelven a lo que estaban, recuperando el tiempo perdido. Al final, el dúo futurista triunfa en su objetivo logrando abrir la cápsula criogénica. En el instante en que la cápsula se abre ya nada parece ser igual para The Madder y los ahí presentes, nada vuelve a ser lo mismo después de ver a la dama bajo cero.

El primero en tener contacto es The Madder, su padre, quien contemplándola rompe a llorar al acariciar su cabello, uno único en su tipo, un azul cristalino turquesa claro, cambios ocasionados por el frío, pero también por el mismo tiempo. Sus labios son de un rosado claro y parecen brillar, su piel es blanca, tan pura como la nieve misma, sus ojos permanecen cerrados, no los abre, ella está dormida, la bella durmiente aún no amanece.

La dama es sacada de la cápsula por el caballero futurista quien la entrega a su padre enseguida. Al momento de sacarla algo se activa y las alarmas comienzan a sonar. Todo alrededor se llena de sonidos. Alguien atraviesa la puerta, es Phil quien va a toda prisa gritando a todo volumen:

—Ya no los pude distraer, padre, lo bueno es que ya localizó a Mr. Killer-Bot.

Mientras va corriendo, Phil alcanza a ver el arma que antes MKB había perdido en el enfrentamiento con el robot. Lanzándose a su dueño le dice de forma apresurada y jadeando:

—Ya sé que no debimos de venir a Maquintosh —agrega entre jadeos—. Sin embargo, el cerrajero que me diste fue el que también me dio tu dirección. Como nos habías dicho antes, perdón por ser necio, yo fui quien insistió al padre que viniéramos. Espera, ¿conoces a Neo-Knight? ¡Soy su fan! He visto todas tus peleas en vivo grabadas por mi amigo Fred Jasman. Quisiera pedirte un auto...

En ese preciso segundo, antes de que Phil acabara de decir lo que fuese a decir, MKB le tapa la boca privándolo de hablar poniéndose en marcha junto con Neo-Knight en busca de una salida. Ambos se dividen en dos bandos: Neo-Knight junto con Phil y el padre, mientras que MKB junto con The Madder y la chica bajo cero. Cada uno busca una salida. Neo-Knight le mencionó a MKB que le daría tiempo distrayendo a la seguridad para que sacara a The Madder y a su hija porque por ellos estaban aquí. Sin perder tiempo, MKB se dirige hacia la única salida que alcanza a ver: por la puerta por donde antes ingresó.

Corriendo hasta la salida, disparando a todo aquel que se interponga en su camino, mientras Neo-Knight lucha contra todos los demás protegiendo a sus dos acompañantes, MKB avanza entre los obstáculos que la lucha está dejando: cables de electricidad, plataformas caídas, disparos continuos. Todo lo anterior se despedaza convirtiéndose en ruinas hasta que al final, atraviesa la puerta que espera con lluvia y viento. Pero nadie lo acompaña. MKB voltea y observa que The Madder se detiene, no quiere cruzar la puerta. Su hija está entre sus brazos. De repente, le dice a nuestro protagonista:

—Su nombre es Daisy. ¡Daisy!

En ese instante, The Madder la lleva con cuidado a los brazos de nuestro protagonista y se marcha para ayudar a los demás, sin mirar atrás. MKB empieza a observar y a lo lejos ve como el individuo que acaba de depositar la vida de su hija en sus manos llega hasta un control que dice: autodestrucción. Mirando atrás, The Madder se despide con una sonrisa y presiona el botón, iniciando una cuenta regresiva de diez segundos, dándole el tiempo suficiente a Neo-Knight y a los demás de escapar. No todo se puede en esta vida, para algunos, el destino ya está marcado y para The Madder este fue el día. Entre toda la lluvia, los truenos y los relámpagos, MKB corre, corre sin parar, dándose impulso.

Saltando en el tiempo exacto de la explosión, dispara apuntando alto.

La garra alcanza un objeto aferrándose a él.

MKB empieza a descender a la velocidad del rayo sintiendo todo el aire pasar sobre él. Choca con una pared.

Derrapa en ella hasta que al final se detiene. La dirección del punto de encuentro ya ha sido dada, los choques y heridas continuas que MKB sufrió en el área no importan, lo que en verdad importa ahora mismo es ella.

MKB cae de la pared a las escaleras del edificio, el haberse estrellado en el muro llamó la atención de todos los huéspedes del edificio, aunque por la tormenta eso no es preocupación. MKB observa si la chica todavía tiene pulso, si aún se encuentra con vida. Al final corrobora que todo lo anterior se encontraba cubierto, entonces desciende hasta las calles, baja las escaleras de forma lenta mientras carga a la chica para dirigirse a su destino: la guarida de Hans Castlesword AKA Neo-Knight.

Al llegar, todos lo reciben; el primero en ir tras de él es Phil, que muy emocionado le dice:

—Al fin estás aquí, empapado, pero estás aquí y yo también, jamás me dijiste que Neo-Knight tenía una guarida secreta. Es más, ¿por qué desde un principio no le pediste ayuda cuando estabas persiguiendo a The Madder?, que, por cierto, ¿dónde se encuentra?

—Porque Mr. Killer-Bot trabaja solo, campeón —Neo-Knight le responde a Phil y continua—: Y sobre The Madder, creo que ha fallecido. Mientras tú y el padre Yan lidiaban con los guardias, la gran explosión que pensaste que provoqué para salir de ahí no fue acto mío, sino de The Madder. De algún modo, se sacrificó para darnos tiempo, Phil. De lo contrario, tal vez ya no estuviésemos aquí.

—¿Habrá tenido una razón? —Phil le pregunta hasta que el padre apuntando a la chica le responde:

—Por ella, la razón... fue ella.

En ese momento Phil se queda admirando a la chica que MKB aún sostiene entre sus brazos y dice:

—Entonces ella es la hija. Cielos, ¿cómo se llamará?

MKB, mediante una función que su casco tiene de grabar todo lo que ve, reproduce lo último que The Madder le dijo:

—Su nombre es Daisy. ¡Daisy!

—Entonces, se llama Daisy.

Al final, Phil termina diciendo esto mientras Neo-Knight oprime un botón que despliega una cama y le indica a MKB:

—Aquí la puedes recostar, es lo único que queda por hacer.

MKB sin decir ninguna palabra se dirige a la cama, dejándola y contemplándola lenta y detenidamente, frenándose en su rostro hasta que al final se retira del lugar. Mientras se aleja, escucha cómo Phil admira todas las armaduras, las espadas y los objetos medievales, sorprendido de todas ellas, hasta que antes de llegar al elevador que lo lleva a la salida alguien le pregunta:

—Hijo, ¿te vas? —le pregunta el padre.

Sin embargo, la única respuesta que recibe por parte de MKB es el silencio que se complementa por su retirada. Ya estando afuera, en las lluviosas calles, MKB se retira hacia un callejón vacío y solitario, quizá semejante a él ahora y ahí, observando que nadie ni nada lo vea, se quita su máscara, el visor y el casco y vuelve a ser el ser humano que nosotros conocemos como Mac Faraday. Se dirige a su casa, esta vez entra por su ventana para que por fin pueda dormir en medio de una tormentosa noche.

La dama bajo cero

CAPÍTULO 9
REPERCUSIÓN
HAYDEN

—Sí, princesa, buenos días. Sí, que encienda ¿qué? ¿El televisor? Phil, ¿podrías...? Olvídalo.

Un botón que es parte de un reloj universal es presionado y una luz se enciende dando paso a que el televisor empiece a proyectar una noticia:

—Anoche la torre Hayden sufrió un gran atentado por el prófugo del manicomio Hayden conocido como The Madder, culpable de diversos crímenes, conocido, sobre todo, por el asesinato de Adam Lyfer, cofundador de empresas Hayden. Esta noticia ha podido ser corroborada gracias a un video proporcionado por una fuente anónima, tal como la pantalla lo muestra. En este momento se puede observar que The Madder presionó el botón de autodestrucción dejando que cuatro individuos escaparan con un cuerpo de lo que parece ser una señorita. Sin embargo, solo a dos se les ha podido identificar: el primero de ellos es un caso novedoso gracias al video publicado anoche después del escape de The Madder.

»En la cámara se observa cómo todos los pacientes del manicomio habían salido de sus celdas mientras que todos los guardias robots trataban de contenerlos, hasta que de la nada uno cayó y de forma simultánea la suerte de los demás fue la misma. La cámara alcanzó a captar a este asesino de robots mientras se alejaba de la escena. Gracias a una fuente anónima, nos han proporcionado el nombre que le daremos a este individuo de ahora en adelante: Mr. Killer-Bot.

»Aunque eso no lo es todo. Para sorpresa del público, en especial para todos aquellos que lo consideran un héroe, les impactará escuchar el nombre del segundo identificado: Neo-Knight. A partir de hoy, se emite una orden de arresto dirigida a ellos y a todos los relacionados e involucrados. Tengan cuidado, pero, principalmente, no confíen en ellos.

Por último, el noticiero termina no sin antes mostrar una última noticia, un nuevo anuncio Federal por parte de la policía de Electrick-City, en donde la mitad de cada mascara de nuestros protagonistas aparece mientras se lee debajo de estas:

Buscados, vivos o muertos

El televisor se apaga. La impresión que generó la noticia es abrumadora e impacta a quien dejó la llamada para oírla, aunque solo en su interior, porque en su exterior no se nota. Él no sabe qué será lo siguiente. Después de escuchar lo anterior, Hans Castlesword, mejor conocido como Neo-Knight, vuelve a la llamada que dejó en suspenso por ver la noticia y dice:

—Te llamo más tard... espera... ¡el desfile!... ¡No, no es seguro! Es peligro... so.

La llamada culmina de repente y cuelga. Para escuchar lo que alguien más dice:

—Gracias a Dios, gracias a Dios. A nosotros dos no nos identificaron. Es lo bueno de no ser famoso y de no ser alguien importante. ¡Hay que celebrar, padre Yan! Hans, disculpa por todo el alboroto, pero ¿qué pasa?

—No pasa nada mi pequeño y nuevo amigo, solo trato de asimilar lo que acabo de escuchar.

—Pero no importa, solo identificaron a tu alter ego.

—Ese es el gran problema, Phil, ¿qué te dice el nombre que uso como alter ego?

—Si lo separas de manera literal, «neo», según yo recuerdo se refiere a algo nuevo o futurista, mientras que «knight» es caballero. Por cierto, un nombre muy cool, lo sacaste de una canción de Black Sabbath.

—Acabas de dar justo en el clavo Phil, ahora te hago esta pregunta: ¿para ti qué es un caballero?

—Un héroe con armadura que protege al reino y a la realeza.

—Exacto, está vinculado con la realeza.

—Pero eso era en tiempos pasados, aunque… espera, ayer que te pregunté si tenías novia y me dijiste que tu novia era una «princesa». ¿Te estabas refiriendo a que, en realidad, es una princesa?

—Sí.

—Pero entonces, la única princesa que existe en esta ciudad y que es parte de la realeza… no, no, no. Espera, ¿te refieres a que tu novia es la Princesa Gótica?

—En efecto.

—¿Julissa Hadaway?

—Sí.

—¡Diablos! Perdón por la expresión, padre.

—¿Qué ocurre?

—Nada, solo era un amor platónico que justo en este preciso momento estoy quitando de mi lista de deseos de navidad.

—Phil, hablando en serio, me refiero a que gracias a la orden de arresto que acaban de emitir, ella y su familia son los más relacionados. Gracias a que el reino de Electrick-City, su reino, puede que se divida porque…

—Tú eres su caballero.

—Si —contestó con un suspiro profundo.

—¿Qué puedes o podemos hacer?

Alguien toma la palabra y dice:

—Armar un rompecabezas.

—Mac. ¡Qué sorpresa! Espera, ¿cuándo entraste? —pregunta Phil mientras el televisor seguía encendido.

—¿Cuáles son las piezas? —preguntó Hans.

—Ella —respondió Mac.

Mac apunta a la dama que aún yace dormida, aquella que su

alter ego MKB dejó anoche.

—Por favor, Mac, ni siquiera despertó. Primero hay que esperar a que se recupere, ni sabes su nombre.

—Sí lo sé, Hans.

—¿Cómo lo sabes?

—Mr. Killer-Bot me lo dijo ayer. Me mencionó que The Madder se lo dijo. Su nombre es Daisy.

—¿Cómo que Mr. Killer-Bot te lo dijo? ¿Acaso tú no eres...?

Antes de que Phil revelase que Mac y MKB eran la misma persona, el padre reaccionó tapándole la boca rápidamente y dice para terminar su oración, sugiriendo otro final:

—¿Su amigo?

Hans mira de manera sospechosa a Phil y al padre, sin embargo, deja a un lado sus sospechas y vuelve con Mac para continuar su plática:

—¿Mr. Killer-Bot solo te dijo eso, Mac?

—No. También cree que todo ha estado planeado desde un inicio. Según el video, la chica que yace en aquella cama es quien sabe un secreto de las empresas Hayden, algo que de cierto modo pone en alerta al único dueño mayoritario que queda de la empresa.

—¿El Sr. Hayden?

—Correcto. Otra pista que me hizo saber es que otros terceros están involucrados, un grupo de gánsteres llamados los *punksters*.

—Ya los he enfrentado. Ellos tienen algo que ver, ¿dónde los vio por última vez?

—En el único lugar donde pudo reproducir lo que tenía la cabeza del robot. El Noir Cinema.

—Se refieren al cine viejo que está en ruinas, ¿el del centro de la ciudad? Escuché que hace un par de días hubo disturbios por ahí, de hecho, rumores que he escuchado gracias a Fred, mi amigo de Electrick-City. Insinúan que son los dueños de ahí.

—Gracias por la información Phil, en verdad nos sirve de mucho. Entonces no hay

tiempo que perder. ¿No es así, Mac?

—Sigue sin mí, Mr. Killer-Bot te verá allá.

Y así Mac se retira del lugar para dirigirse de nuevo al Noir Cinema.

CAPÍTULO 10
REUNIÓN CRIMINAL

Nuestros dos protagonistas han llegado a su destino; parece ajeno a la contemporaneidad actual. El lugar, por el momento, se encuentra vacío y sin nadie alrededor. Hasta Neo-Knight comienza a hablar de ello con su robótico y silencioso compañero mientras caminan hacia la sala de reproducción.

—El cine acabó de una manera muy catastrófica, recuerdo que mis padres me contaban que el cine tenía magia. Las décadas no han favorecido para nada al entretenimiento.

Mientras dice lo anterior, Neo-Knight observa los escombros y las balas por doquier, y pregunta:

—Aquí fue el enfrentamiento, ¿cómo sobreviviste?

MKB dispara al cuarto de reproducción, abriéndolo.

Al entrar junto con su compañero escucha algo cerca del destruido proyector, entonces ambos se asoman y comienzan a seguir el curioso ruido que persiste. El sonido comienza a elevarse más y más a medida que se acercan al final de la sala de reproducción, donde en el suelo se alcanzan a percibir latentes vibraciones hasta que una de ellas delata una entrada subterránea. MKB y NK se dan cuenta de esta entrada secreta y no pierden tiempo, arrancan la puerta de entrada. Miran hacia abajo y observan unas escaleras por la que ambos descienden para llegar a un destino que no esperaban encontrar: una fiesta eléctrica.

—Ahora sabemos de dónde viene todo el sonido —menciona Neo-Knight mientras contemplan alrededor.

Se puede escuchar que la música electrónica ruge a máxima potencia y que los bailes no cesan. Las luces alumbran todo alrededor, todas potenciadas por una bobina de Tesla, una reliquia sin pena ni dolor. No se distingue quién es quién, buenos y malos,

La fiesta eléctrica

hombre y mujeres, fenómenos no identificados, todos habitan entre sí. El alcohol y las uvas no cesan, tampoco los perfumes, todos parecen estar en un sueño. Todo al parecer es válido aquí.

—Parece que encontramos a las hermanas perdidas: nueva Sodoma y Gomorra, juntas de nuevo.

Neo-Knight voltea para ver a MKB, pero se sorprende al darse cuenta de que ya no se encuentra con él. MKB se mezcló entre todo el público, buscando a su objetivo, los *punksters*. Entre el público no logra identificar a nadie, parece que no están aquí. Avanza mientras nadie lo nota, y quien lo hace, por desgracia queda como suspendido. Neo-Knight de lejos lo observa, ve como algunos de los que ya noqueó están en el suelo, algo que a todos los presentes de la planta baja se les hace tan normal que ni les quita el sueño, hasta que escucha una ráfaga de disparos que comienza a ahuyentar a todo el público. Todos corren horrorizados, se escuchan gritos constantes. Al final, se ven robots destrozados o tipos noqueados en el suelo. Un mensaje llega al casco de Neo-Knight que dice: «no interfieras en nada de lo que vaya a pasar». En eso, el DJ del lugar comienza a reproducir una antigua pieza musical: *Robot Rock* de Daft Punk.

¡¡¡PTWUFF, PTWUFF, PTWUFF!!!

En un ángulo dinámico ahora vemos como MKB arrasa con todos los robots del alrededor, eliminándolos uno por uno mientras la canción avanza.

Ese es el único sonido que se escucha alrededor, los disparos profundos que agujeran todas las cabezas de robot y de todos los que se interpongan en el camino de él, hasta que al final sale el antagonista que nuestro robótico protagonista estaba buscando: el líder de los *punksters* que grita:

—¡Silencio! ¡Dejen conversar!

De repente, el DJ deja de sonar. El jefe espera a que el lugar quede vacío, hasta que cada invitado se largue de su fiesta. De pronto, todo quedó en silencio. Excepto por un secuaz que gritó:

—¡Ay! Mi pierna, mi pierna, me hirió en la pierna.

En ese momento el líder de los *punksters* saca de su sombrero un arma muy pequeña y presiona un gatillo mandando al secuaz adolorido a un sueño del que jamás va a despertar. A continuación de lo sucedido, el líder guarda su arma de donde la sacó, toma un puro de cigarro y se sienta en un escalón cerca de la plataforma del DJ. Saca un yoyó mientras prende su puro y con una voz profunda y peculiar le pregunta a nuestro protagonista:

—Mr. Killer-Bot, ya nos conocimos, ¿no es así? Aunque no de forma personal.

MKB no responde, por lo que el otro continúa:

—No es de caballeros omitir respuesta, sin embargo, por el desastre aquí visto creo que tampoco lo es hablar entre desconocidos. Mi nombre es Rock Pilatus. Yo mando aquí, allá, en aquel extremo y en toda la maldita tierra que pisas y conoces como Electrick-City. Creo que estás aquí por la noticia de esta mañana, no te culpo, yo fui la fuente anónima que dio tu nombre a todas las masas, yo soy la razón de que pasaras de ser un loco anónimo a un criminal conocido.

»Respeto el concepto de la máscara, veraz que también yo siempre llevo una. Pensaba que solo existía Neo-Knight, el antes conocido héroe que pasó contigo a la lista de los más buscados por haberte ayudado a rescatar a alguien. Por cierto, ¿dónde está la chica, aquella que viste en la cinta? Alguien muy importante está pidiendo una recompensa por ella, dado a que esconde un secreto y es el único cuerpo que no se encontró en la explosión que provocó su maniático padre, el mismo loco que anoche escapó del manicomio, para morir y dejarlos escapar con la muñeca congelada. Así, que repetiré lo mismo: ¿dónde está ella?

Al terminar de decir eso, el silencio de nuestro protagonista parece no cambiar y como respuesta después de un suspiro profundo Rock dice para terminar:

—Bien, si tú no hablas, tal vez la realeza lo haga y como ya te había dicho, nadie sobrevive después de ver a los *punksters* y después de saber tanta información.

Y así, parándose de su silla, comenzó a alejarse de forma lenta hacia una puerta para agregar antes de atravesarla:

—Chicos, no agujeren el casco, es especial. Shaddy, vigílalos desde atrás.

Y cerrando la puerta, la ráfaga de disparos no se hace esperar:

Los disparos al final cesan, las balas ya hicieron lo suyo, un soldado ha caído y un profundo silencio por fin se apodera de todo el alrededor. Los criminales de hierro se acercan armando alrededor un círculo para admirar al cuerpo caído, sin embargo, notan que no hay señal de sangre. A lo lejos, un criminal tembloroso, aquel que quedó en observación conocido como Shaddy mira todo lo anterior y empieza a escuchar como todos sus compañeros murmuran entre ellos.

En ese momento el joven criminal observa como uno de sus compañeros criminales se acerca al cuerpo, su curiosidad lo llama, es la primera vez que asesina a un enmascarado. El cuerpo sigue inmóvil, pero, algo adentro de la chaqueta empieza a emitir un raro sonido. Grave error.

Una voz se escucha detrás del joven, una voz amenazante que dice:

—Si fuiste buen oyente y sirviente, Shaddy, acabas de escuchar nueve tiros, quizá tú seas el décimo.

—No, no, no me lastimes. No sé quién eres ni a quién buscas.

—Soy el caballero andante de esta ciudad, bellaco, busco respuestas.

—Pe-pero me van a matar así… como… como…

—¿A él?

De repente, MKB aparece, repleto de agujeros en su chaqueta y vestuario mirando al chico con la mirada fija, por lo que Neo-Knight continúa:

—Habla. Quizás quien te está observando le interese más a mí que a ti la información.

El chico no duda ni un segundo y les revela todo lo que sabe.

CAPÍTULO 11
RESPUESTAS DESPIERTAS

—Sus ojos... ¡se están abriendo!

—¿Cuánto ha pasado desde la última vez que los tenía abiertos?

—Ya hace décadas, supongo.

—No lo puedo creer.

—Ha despertado.

Phil y el padre Yan contemplan el despertar de una dama que se les encomendó. No la ven igual, ya no la admiran como un cuerpo estático y muerto, sino como uno vivo. Phil la observa de pies a cabeza sorprendido de su belleza y de sus muchas delicadezas. El padre la observa como a un infante emprendiendo un viaje hacia el mundo perdido. Sin embrago, la primera reacción ante todo lo anterior no siempre es la mejor.

—¡Papá!

Un grito de paranoia es lo primero que sale de su delicada boca, de sus labios rosados. No obstante, su grito tiene una respuesta:

—Me temo que está muerto... está muerto, pequeña.

La niña cae al suelo, no es de sorprenderse que semejante verdad la llevaría a la tristeza, a un llanto profundo por el desconsuelo de su propia realidad. El hombre mayor que le dio la respuesta se acerca a ella, sin embargo, ella lo mira, sorprendida y asustada. No sabe las intenciones del hombre que le hizo saber esta revelación que la marcará de por vida. A pesar de ello, considera que ya no hay opción, ella cae en sus brazos por un consuelo desesperado y él la abraza. La escena es conmovedora, así como el momento en el que ocurre. Mientras tanto, en otro lugar subterráneo, las cosas, por desgracia, no se encuentran igual:

—Va tras de ella Mr. Killer-Bot, ¡va tras la Princesa Gótica! Es lo único que sé, ¡lo juro por Dios!

MKB escucha a lo lejos al flacucho Shaddy que grita la información.

—El chico parece asustado, nos ha dicho todo lo que necesitamos.

La respuesta de Neo-Knight parece no convencer del todo a nuestro protagonista. Lo anterior se ve reflejado en el hecho de que ignora a su compañero, se dirige de nuevo de forma amenazadora hacia donde está Shaddy, y este le responde mientras tartamudea con un miedo latente:

—¡Ya-ya no tengo más información! Se los vue-vuelvo a jurar, solo sé que va a ser hoy... en el desfile real.

En ese momento, Neo-Knight recuerda la llamada que estaba teniendo con la Princesa Gótica esta mañana, donde ella le mencionaba un desfile que se llevaría a cabo.

—No hay tiempo —le indica Neo-Knight a MKB retirándose de ahí, sin decir ni una palabra. Sin embargo, Shaddy grita repentinamente a lo lejos:

—¡Hoy todos vamos a morir!

En el instante en que lo dice, los dos personajes se voltean para observar que un interruptor ha sido presionado. El interruptor comienza a emitir un sonido... tic, tac...

¡¡¡KA-BOOOM!!!

Todo el subterráneo empieza a desmoronarse, la dinamita explota alrededor, la tierra cae de un lugar al otro mientras nuestros protagonistas empiezan a creer que las posibilidades de salir son nulas, al igual que las opciones.

—Nuestra salida superior está bloqueada Mr. Killer-Bot, las probabilidades de salir se agotan. ¿Qué vamos a hacer con aquel bellaco que provocó toda esta explosión?

De pronto, MKB ve como Shaddy, el sujeto al que se refiere Neo-Knight, está inconsciente por un fragmento de tierra que lo dejó noqueado. Observa que al lado de donde está, se encuentra la puerta por donde salió el jefe de los *punksters*, así que apuntando a ella se dirige a toda prisa junto con su acompañante. Neo-Knight toma al noqueado mientras que MKB abre la puerta mediante un disparo de su arma detonándola con velocidad para darles paso, encontrándose con un angosto y peligroso pasillo que muestra la única salida, una última misión imposible que superan con éxito para al fin salir de ahí.

El edificio se desploma por completo, las ruinas de lo que antes era el Noir Cinema, han quedado ahora reducidas a cenizas, dejando a nuestros protagonistas como última alternativa el huir antes de que la policía y la justicia venga por ellos.

Al mismo tiempo, en otro lugar, una taza de té le es dada a una chica, una que cuestiona muchas cosas mientras coloca un cuadro de azúcar a la bebida que le acaban de servir.

—Entonces, ¿ya han pasado décadas desde la última vez que estuve consciente?

—Sí. Pero, ¿quiénes son ustedes dos?

—Me llamo Phil Panasonic, mientras que mi amigo religioso se llama Yan, es sacerdote agustino, para ser preciso.

—¿Por qué estoy con ustedes?

—Porque...

De prisa, el padre Yan interrumpe a Phil y enciende la televisión para rebobinar hasta la noticia que esta mañana alarmó la mente de quienes la escucharon. La noticia sorprende a la chica y le hace de nuevo preguntar:

—Entonces, ustedes junto con los otros dos, ¿me rescataron?

—Sí.

—Según la noticia, ¿así es como mi padre murió? ¿Sacrificándose por mí?

Tumba subterránea

—Sí, Daisy, así fue.

La sorpresa de la chica todavía abunda más cuando de repente le mencionan su nombre.

—¿Cómo saben mi nombre? —pregunta con curiosidad.

—Hija, el chico que te trajo hasta dónde estás mencionó que tu padre le dijo tu nombre antes de sacrificarse para que pudiésemos escapar.

—Y ¿dónde está él?

—Creo que ya sé cómo lo podemos encontrar. ¿Quieres recorrer las calles del futuro, chica del pasado?

La chica se quedó atónita ante semejante pregunta y respondió:

—No creo que sea seguro. Después de lo que pasó podemos correr peligro.

—Por favor, Day, solo atrévete, verás que te enseñaremos lo contario, ¿no es así, padre Yan?

En ese momento al padre Yan no le quedó otra opción más que aceptar, ante la constante insistencia de Phil. Al salir de donde estaban, la chica se quedó sin palabras, miró todo alrededor, lo observó y lo admiró. Se dio cuenta de que ya nada era como antes, el futuro estaba ante sus ojos.

—¿Ha cambiado todo, no es así, hija?

Daisy observa al padre y le responde:

—Parece imposible, padre.

—Lo sé, hija.

En ese instante, Phil, a lo lejos, ve una cabina telefónica y se dirige a ella diciéndoles a sus dos acompañantes:

—Miren, ahí está lo que buscaba. Déjenme hacer una llamada.

Llegando a la cabina telefónica, esta despliega un lector de huellas y retina que confirma la identidad de Philip, diciéndole que tiene los fondos insuficientes para poder pagar la llamada. Al escuchar eso, Phil desde la esquina le grita al padre:

—Disculpe, padre, ya no tengo monedas para la llamada, ¿me puede prestar una?

El padre le lanza una moneda que Phil recibe agradeciéndole. Luego, Daisy le pregunta:

—¿Qué es de Phil?

—Su padrino, hija mía. Verás, el pobre muchacho quedó huérfano hace tiempo y por ello soy el único familiar que queda de él. Es muy listo, jamás lo he visto tan contento como en estos días.

—Ya lo veo.

En otro lugar de Electrick-City, una llamada timbra en el taburete de un hombre ya antes mencionado por Phil, Fred Jasman.

—¿Fred? ¿Fredy? Frederick Jasman, ¿estás ahí?

—Sí, sí lo estoy —contestó con un jadeo—. Espera, ¿quién habla?

— Doble P.

—Espérame un rato.

En ese momento Fred se dirige hasta un lugar donde su jefe no lo pueda ver y le dice:

—¿Qué necesitas, Phil?

—Hola, Fredy, mi buen y lejano amigo a quien solo le hablo cuando me acuerdo de que existe, ¿qué tal las noticias? ¿Qué tal el jefe? Ya no se acuerda de mí, ¿o sí?, ¿bajó de peso?

—A veces quiero aventar la computadora por la ventana, cada vez que escucho tu irritante voz, Phil.

—Ja, ja, ja. Fred, en verdad hace tiempo que no hablábamos, desde que me salí de ahí, creo.

—¿Qué necesitas, Phil? —le vuelve a preguntar.

—¿Recuerdas la noticia que hoy emitieron en el noticiero, sobre dos tipos conocidos como...?

—¿Neo-Knight y Mr. Killer-Bot?

Fred Jasman

—¡Wow! ¡Qué rápido viajan las noticias! Ojalá así viajara el tiempo cuando estoy en la escuela mientras me desespero porque suene el timbre para irme a mi casa. Y correcto, acertaste. Al fin estamos conectados. Perdón por hablar así de repente, pero necesito saber si hubo algo que haya llamado la atención en las últimas horas o minutos referente al dúo dinámico.

—¿Para qué?

—¿Por qué quieres saber todo? ¿Acaso desconfías del tipo que te acompañaba a grabar todas esas noticias de las que no estaba seguro si iba a sobrevivir? En serio Fred... has cambiado, antes eras más chévere.

—Escucha, mocoso, necesito saberlo porque tal vez ya sepa donde pudiesen estar. ¿Quieres atrapar a dos criminales?

—¿Qué? Espera, ¡no! Solo te puedo decir que si tú estás donde ellos pudiesen estar, pudiéramos grabar una exclusiva que nos volvería famosos de nuevo, como en los viejos tiempos. Como la vez en la que nos arriesgamos a subirnos a ese mortal rascacielos para grabar la pelea que Neo-Knight tuvo contra ese apocalíptico dragón metálico mala copia de Godzilla. Viejo hazlo por eso.

—Eso casi me cuesta la vida, Phil. Pero también me ayudó a conseguir un buen puesto en la empresa. ¿Dónde estás?

—Te mando la ubicación. Ya la tienes, Príncipe del Rap.

—Llego en unos minutos, espero que sea cierto lo que dices, Phil.

En ese momento una conversación termina, mientras que en otro lugar otra se inicia:

—¿Por qué explotaste el cine? —pregunta Neo-Knight al recién despierto malandrín de poca monta que rescataron. Pese a que este no responde, Neo-Knight continúa:

—Cada paciencia tiene un límite y la paciencia de quien está al lado mío, parece estar agotándose.

El malandrín comienza a observar cómo MKB lo apunta con su arma, después ve cómo un rayo láser se enciende y va creciendo en su cabeza para después decir todo atemorizado y gritando:

—¡Fueron órdenes, órdenes que me dieron! El jefe siempre me deja a cargo cuando una de sus encomiendas se lleva a cabo, yo soy la persona que vigila que todo salga según sus palabras. Sin embargo, esta vez, nada salió como él quería y cuando algo sale diferente a sus órdenes, la única opción es el suicidio, porque si no, él te buscará, pasará sobre todos los que te importan hasta encontrarte y cuando te encuentre habrá algo peor que la muerte misma.

—La respuesta sigue incompleta, Shaddy. ¿Por qué lo explotaste?

—El jefe sabía que tu compañero, que aún me sigue apuntando, vendría por él, que vendría por respuestas. Dijo que cuando terminaran de matarlo los robots que asesinó, explotara todo el lugar para que no existiese ninguna evidencia ni ningún rastro para que no pudieras ir tras de él.

—Lo quería debajo de una lápida subterránea de miles de metros bajo tierra.

—Co-co-correcto —contestó tartamudeando.

Al terminar de decir eso, MKB guardó su arma y se retiró de ahí, detrás de él lo siguió su compañero. Sin embargo, antes de que ambos salgan del callejón vacío, el antes interrogado les grita:

—Él no es el único. ¡Hay otro involucrado!

—Esperen. ¡Alto ahí, manos arriba!

En ese momento MKB y Neo-Knight escucharon una orden que provenía desde el otro extremo de la calle, algo que sin duda los alertó y provocó en ellos una sola y única reacción: correr.

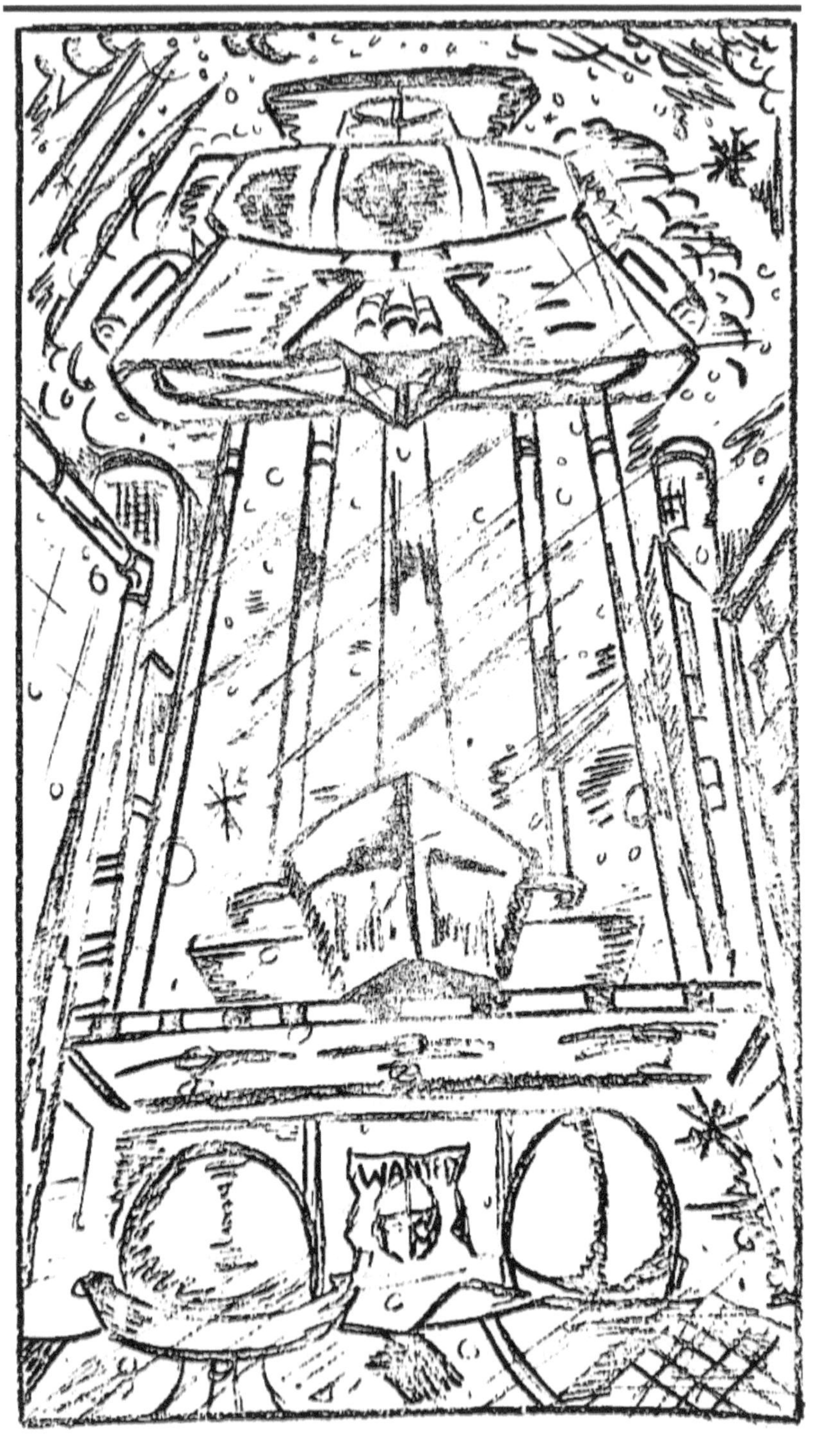

Sentencia policial

CAPÍTULO 12
SU ALTEZA, SU MAJESTAD,
LA PRINCESA GÓTICA

Nuestros dos personajes tomaron rumbos diferentes, distintas maneras de arreglárselas con la ley, sin embargo, tienen algo en común, un destino llamado el desfile real. MKB disparó a las llantas de los policías que lo estaban persiguiendo en aquellas patrullas futurísticas. El futuro parece revolucionario, ahora son tres policías, uno del lado izquierdo y el otro en el derecho. Y se preguntan por el tercero, es un robot y lleva el volante en el medio.

Uno de los disparos es preciso, pero, no detiene a estos cazadores uniformados, porque si el terreno de abajo no les favorece, el de arriba lo hace. En ese momento, a pesar de tener un neumático pinchado, el carro se eleva surcando los cielos, similar al DeLorean que todos conocemos, avanzando más rápido. En otro extremo, alguien intenta realizar una llamada mientras es perseguido de una forma similar a la de nuestro protagonista.

—¿July? ¿Lissa? Julissa Hadaway, contesta ¡por el amor de Dios!

Neo-Knight intenta contactar a su princesa, a la Princesa Gótica, sin embargo, la llamada no es contestada y lo único que queda es seguir escapando de las motocicletas aéreas. El clima no hace más que empeorar las cosas, la temporada de invierno dificulta la situación, el viento acompañado de la nieve es un obstáculo que aprovecha nuestro protagonista. Esta tormenta de nieve bloquea la visión de los policías, pese a ello, la persecución sigue en marcha.

MKB se dirige a un callejón sin salida, no hay a donde correr. La patrulla llega al lugar y MKB ha sido detectado. Desde el interior de la patrulla se observa a lo lejos, a la entrada del callejón que nuestro protagonista se encuentra inmóvil, por lo que uno de los policías lanza una advertencia, un ultimátum, una sentencia terminal.

—Si no suelta el arma y se acerca hasta nosotros con las manos en la nuca, nos veremos obligados a ir hasta usted. Créame, no le agradará. Es una orden.

Un par de segundos pasan y no hay respuesta. La patrulla al no ver opción se lanza tras él a toda velocidad, sus turbinas aéreas la hacen despegar. Desde todos los ángulos posibles se observa cómo toda la nieve y la basura del lugar se vuela tras de ella. Todo transcurre a una gran tenacidad exponencial. MKB dispara una microesfera a la ventana de los policías, la cual atraviesa la cabeza del policía robótico que conduce. Es una bala como la que disparó en su primer encuentro con los *punksters* en el Noir Cinema, que esparce su humo cegando a los tres adentro, lo que provoca un forzoso freno por la incapacidad visual.

MKB se acerca de forma muy lenta a la patrulla hasta que de repente, disparos salen de ella.

En el interior de la patrulla, desde la perspectiva de aquel policía que dictaminó la sentencia, se pueden escuchar los jadeos preocupantes de sus compañeros, se escucha que alguien sigue caminando. La preocupación se eleva aún más cuando el arma se queda sin municiones, ya no hay carga alguna para volver a disparar. Los pasos se oyen cada vez más cerca hasta que se detienen. Se percibe cómo alguien despedaza el capó, el que protege al motor y jalando el gatillo lo destruye dejándolo sin función.

En ese instante, una mano quiebra la ventana, atravesándola, esta mano es la única que se alcanza a ver entre todo el humo. Se acerca muy lento hasta que se detiene. De ella se abren unos pequeños hoyos que succionan todo el humo del interior de la patrulla hasta despejarlo por completo, todo para revelar al dueño de la mano: MKB. Este último se retira sin decir nada, dirigiéndose hasta su destino. Los policías no saben qué hacer, se quedan estupefactos, sin palabras, sorprendidos de lo que acaban de presenciar, ellos sin duda jamás habían visto a nadie igual. Uno de ellos intenta tomar la radio para comunicarse con sus demás compañeros, quiere pedir refuerzos, sin embargo, el policía que dictó la orden y disparo sin piedad, le impide que su compañero realice esto advirtiéndole:

—Ni siquiera te atrevas a tocar esa radio, te juro por Dios que si lo haces no vivirás para contárselo a alguien más.

Y así el policía se reserva su acción, quizás para otra ocasión. Entre tanto, en otra parte, un carro amarillo llega a un lugar demolido, destrozado y en ruinas, uno antes conocido como el Noir Cinema. Hay una gran audiencia alrededor de él, dos personas salen del auto, una de estas menciona:

—Sin duda fueron ellos, Fred. Se nos escaparon, champ!

—Ahora... hasta nos ganaron el reportaje que estaba ansioso de grabar.

Al llegar al cine, observan un lugar hecho escombros de arriba a abajo, como si de una explosión se tratase.

—No hay nada aquí, Phil. ¿Ahora qué?

—Chicos, escuchen ¡en la radio están diciendo algo respecto a ellos!

Daisy, sube el volumen de la radio para poder escuchar.

«Todas las patrullas, estamos tras Neo-Knight. Todas las patrullas protejan la zona cerca del gran evento con gran discreción, no queremos alarmar al público, parece que Knight se acerca hacia el desfile real». En ese momento, Phil y Fred, mirándose el uno al otro, sorprendidos por esa nueva oportunidad, vuelven a toda prisa para ingresar al carro, dirigiéndose a toda velocidad hacia el desfile real. Mientras, en el camino, el padre asustado les grita:

—Phil, ¡me estás matando del susto! ¡Ya te has pasado dos semáforos y casi atropellas a la pobre mujer mayor que pasaba por ahí! ¿Acaso no sabes que la vida solo es una?

—Es verdad, Phil, ¡conduces como un demente! Solo Dios sabe por qué conteste esa llamada.

—Discúlpenme los dos, pero esto no pasa todos los días, relájense par de ancianos. Además, la culpa la tiene Daisy.

—¿Por qué yo, Phil?

—Porque tú subiste la radio a todo volumen para escuchar la noticia, y porque eres quien quiere conocer al asesino de máquinas en persona, ¿no es así? —Daisy se queda en silencio tan solo lanzando una discreta sonrisa como respuesta.

El público es enorme, hay tanta aglomeración como sardinas en lata. Eso lo sabe Neo-Knight, quien, en cuestión de segundos, cambia a su identidad civil mientras se mezcla entre el público para dirigirse hasta donde está su princesa. Al mismo tiempo, piensa dónde puede encontrar un posible sospechoso que llegue para provocar pánico entre todos esos ciudadanos. Piensa que quizá está oculto, pasando desapercibido al igual que él, piensa que hace a todas estas personas su misma sombra. Sin embargo, Neo-Knight continúa su camino, diciéndose:

—Perdí a los policías, aunque no me estén persiguiendo en vehículos motorizados, ellos siguen tras de mí. Es claro que no quieren causar alboroto, de lo contrario difundirían el pánico, algo peor que resultaría una catástrofe, la cual deseo evitar de forma rigurosa.

En tanto que Neo-Knight trata de alcanzar su destino, otros apenas acaban de llegar a él:

—Miren nada más, lo mejor que verás del futuro.

—Lo sé, ya ve, padre, no entiendo por qué no quería traer a Daisy, es impresionante. ¿No, Daisy?

—Por supuesto, Phil, yo diría increíble.

Daisy contempla maravillada todo lo que sus ojos observan a su alrededor: los globos gigantes de marcas registradas, los payasos, jirafas, elefantes, cebras, bomberos, policías, todos estaban en el gran desfile, cada uno en un estandarte de sus respectivas labores. Había roqueros, músicos clásicos, pianistas, bailarines y todo lo que se necesite para un gran desfile. Sin embargo, lo más atractivo, elegante, pero sobre todo importante era el estandarte real.

—Ahí está la Princesa Gótica, miren —grita Phil mientras ve a la princesa a lo lejos. La princesa usa un vestido negro con una bufanda blanca, tan blanca como su piel. Su vestuario es navideño, adecuado a la época donde se encuentra. Traía lentes puestos, gafas de sol plateadas y una corona de oro rosa. A su derecha esta su padre, el rey Klauss, mientras que a su izquierda se encuentra su madre, la reina Aurora. Los tres pilares de la realeza se encontraban ahí.

Todo parece perfecto, hay alegría por doquier, sin embargo, nada hace presagiar que para algunos esto es la perfecta combinación para su siguiente acto. Un extraño y desconocido individuo aparece entre la multitud mientras estira su mano buscando lo prohibido y mortal, lo que ha hecho inconscientes a los seres humanos desde el inicio de los tiempos: un arma. Mientras camina su distancia se acorta acercándose a su objetivo; el cazador se adentra dispuesto a esperar lo necesario para que lo que sea que intente no sea en vano, observa que no haya nadie quien lo note o vigile. Mirando a todas las direcciones posibles y sin darse cuenta, el momento ha llegado.

Damas y caballeros, la princesa gótica

Fuegos artificiales comienzan a explotar, uno tras de otro, como una cadena que desencadena júbilo. Eso no era de esperarse para quien portaba el arma, por ello, un tiro se le

resbala, delatándolo entre la audiencia e infundiendo el pánico entre todos. Por fortuna, el tiro fue al aire, lejos de las personas. Los policías están al tanto de la situación, y pese a ello, la dan por vista de una forma sospechosa. El terreno se encuentra descubierto, perfecto para apuntar al objetivo. Los gritos y las llamadas de auxilio no se hacen esperar. Sin embargo, ya es tarde, él desconocido jala el gatillo.

El tiro viaja a máxima velocidad, el plomo parece disolverse entre el aire, directo hacia su objetivo, sin embargo, algo de inmediato interviene y lo desvía de un filo:

Neo-Knight ha llegado y justo a tiempo. A lo lejos entre la muchedumbre alguien grita:

—Fred, champ!

Acabo de escuchar un disparo justo en el otro extremo, vamos hasta allá. ¡Dame tu cámara!

—Es peligroso, Phil, es peligroso.

—Padre, tendré cuidado, síganme quien quiera acompañarme.

Entonces sin decir nada Phil le quita la cámara a Fred y se lanza hasta donde está todo el espectáculo. Daisy va atrás de él, siguiéndolo, el padre le grita desesperado y cansado:

—Espera, hija, espera, a dónde va él no debes ir. ¡Es una zona de alto riesgo!

Pese a ello, las palabras de aquel sabio religioso no funcionaron para los oídos sordos de una viva y recién despierta señorita.

Volviendo con Neo-Knight, vemos que el caballero futurista protege a su real alteza, a su Princesa Gótica, mientras toda la guardia real empieza a custodiar como ayuda. De repente, algo comienza a fallar. Todos los robots de la misma guardia real comienzan a disparar a toda la guardia humana deshaciéndose de ellos como peones de ajedrez. Todo parece salirse de control hasta que nuestro protagonista llega disparando:

¡PTWUFFF! ¡PTWUFFF! ¡PTWUFFF!

Justo ahí, Neo-Knight le grita mientras pelea:

—Tardaste en llegar Mr. Killer-Bot. ¿Dónde estabas?

MKB apunta hacia el horizonte, donde están todos los edificios del alrededor para que Neo-Knight observara lo que había hecho. Este mira a lo lejos y ve cómo en cada edificio había un malhechor colgado con una nota en sus espaladas que decía: «ayúdenme». Viendo eso, el caballero futurista menciona:

—Aparte de con los que estamos lidiando, ¿había alguien más arriba esperando a disparar?

Después de terminar la oración, NK se dispone a continuar la pelea junto con su recién llegado compañero. Cerca de la escena dos individuos dialogan:

—Phily, ¿alcanzas a captar algo?

—No, Daisy. Tan solo puedo ver que en medio de la batalla se encuentra mi héroe favorito y al otro que te salvó la vida.

—¿Cuál de ellos dos es?

—El que no tiene espada y usa como armas ese par de calibre, el del casco parecido al de los integrantes de Daft Punk.

—Ambos tienen los cascos parecidos a ellos.

De pronto, Phil deja de grabar con la cámara y mira hacia el horizonte, observando detenidamente al dúo futurista para después de un par de segundos volver con Daisy y responderle:

—Es cierto. Ya no me acordaba que Hans me había dicho que ellos fueron la inspiración para los diseños de sus cascos. Bueno, el que se parece a Robo Cop. Créeme, cuando lo conozcas en persona te caerá bien, es todo lo contrario al atemorizante asesino de máquinas que en este momento es.

—¿En serio?

—¡Por supuesto! Aunque el único detalle para garantizarte eso es sobreviviendo a est...

¡AAAAAAAAAAHHHHH!

La conversación resulta interrumpida por los gritos de la princesa y sus padres, Daisy le menciona preocupada a Phil:

—¡Phil, mira allá a lo lejos!

Ambos observan a la Princesa Gótica, ella se encuentra atemorizada, preocupada, no sabe qué hacer. Está oculta junto con sus padres, resguardada. Mientras los dos guerreros futuristas continúan luchando, Neo-Knight escucha el llanto de una voz que conoce a la perfección, por lo que le dice a MKB:

—¡Es July!

Después de eso, Neo-Knight deja a MKB en la batalla para dirigirse hasta su princesa, pero al llegar se da cuenta de que algo terrible ha pasado. El rey y la reina han muerto. Neo-Knight se da cuenta de que ha fallado con su misión, ha dejado morir a sus majestades, a su rey y reina, a aquellos a los que con una firme lealtad juró proteger. Recuerda con dolor como fue nombrado caballero, recuerda el honor, ahora perdido.

A pesar de todo, solo le queda una cosa: continuar. Deja su dolor, junto con la mano de su amada, y se dispone a continuar con la batalla, pero esta vez... con un giro y actitud diferente. A través de la cámara de Phil, se observa a un héroe convirtiéndose en un mortal caballero, Neo-Knight pelea enfurecido como un carnicero, de forma violenta, sin escrúpulos, desatado y sin piedad, la misericordia para todos aquellos a quienes atraviesa con el filo de su espada se ha ido al país de Nunca Jamás.

MKB lo nota y poco a poco deja de disparar. Observa cómo cada una de las cabezas metálicas se desprende de sus portadores, decapitadas a través de la espada de mercurio, también llamada Zarpantha. Una filosa espada mágica milenaria forjada y modificada para adaptarse a su tiempo, que, según la leyenda, fue la espada que el arcángel Gabriel le dio a San Mercurio. Mientras destroza con sus propias manos al sufriente robot, ahora ya neutralizado, grita ferozmente clavando la espada al último robot sobreviviente:

—¿¡Dónde estás, bastardo sin honor!? ¿¡Dónde te encuentras!?

En ese momento, a lo lejos, MKB observa cómo alguien está corriendo, alejándose de la escena; es el sospechoso que había jalado el gatillo. Con rapidez, se lanza a perseguirlo. La persecución es corta, todos los presentes observan como MKB va tras él. Como en las historias, todo siempre tiende a llegar a un fin. Nuestro protagonista alcanza a dar en el blanco, haciendo que el desconocido se estrelle contra una ventana, rompiéndola, es una juguetería dentro de un centro comercial. El malhechor continúa a pesar de sus heridas, avanza de reversa entre las alfombras del piso, está atemorizado, trata de alcanzar su arma con la que antes se dispuso para disparar:

La carnicería robótica de Neo-Knight

Su disparo lo consigue, era su última bala.

Nuestro protagonista se acerca con lentitud, mientras avanza entre vidrios y fragmentos cristalinos. Los pasos cada vez suenan con mayor altitud, el destino para este asesino ha llegado a su plenitud. MKB lo eleva con salvajismo hasta quedar cara a cara. El asesino no responde nada, tan solo lo intenta ahorcar y no tiene éxito. Al final, viendo su fin como única e infalible opción, el asesino le grita con una robótica voz:

—¡Soy irreal!

El asesino lleva su mano hasta su rostro arrancándoselo con lentitud hasta la mitad, revelándose a sí mismo como... un robot. Después menciona:

—Estás muerto.

Al terminar de decirlo, el robot empieza a carcajearse y a reírse de él mirando el techo hasta que...

Un tiro lo atraviesa como trueno. MKB deja caer a la máquina decapitada por su mano y deja que todos sus circuitos exploten, retirándose de la escena para volver con su amigo. A lo lejos observa a Neo-Knight en el piso, consolando a su princesa. Cuando el caballero futurista ve a MKB, lo único que él hace es una señal de despedida, para que a continuación y sin dar demasiadas explicaciones, lance una microesfera que dispersa un nebuloso humo azul fosforescente en toda la zona. Es un diminuto, pero efectivo dispositivo creado por su ilusionista: Chris Mindfreak, quien desaparece de la escena.

Los allí presentes no saben a dónde se fue o dónde estarán, por fortuna, la cámara lo tiene grabado todo. Phil ahora tiene una exclusiva que nadie se atrevió a grabar, algo que no para de repetir durante el resto de camino que emprende con Daisy para volver con el padre y con Fred. A lo lejos, el padre ve a Daisy, la observa triste y callada, por lo que procede a preguntarle:

—Hija, gracias a Dios estás bien, pero dime, ¿qué pasó? ¿Por qué esa cara?

—No es nada, padre, o quizás sí sea algo, pero no me siento tan dispuesta para decirlo en este momento y lugar.

Al padre, entonces, se le ocurre una idea y le dice:

—¿Qué tal si vamos a un lugar tranquilo en el que puedas platicar mientras Phil y Fred celebran su triunfo?

La chica sin decir nada acepta y deja a sus dos acompañantes para dirigirse a un lugar donde pueda ser escuchada, donde pueda expresar como se sintió y donde pueda recibir paz interior para sí misma.

El fin de un robot

CAPÍTULO 13
IMPACTOS REVELADORES

—Desde que era una niña, era muy... peculiar. ¿Cómo lo puedo decir? Mi vida...

Una conversación se inicia en un banco de madera fina tallada tan solo por un par de manos humanas. El lugar en el que transcurre es amplio, tiene una arquitectura antigua, fuera de la contemporaneidad actual. No hay tecnología o al menos no es tan avanzada como lo debería de haber. Hay luces por doquier, tranquilidad y paz en todo el sitio. Estatuas de personajes están alrededor, cada una se observa mejor dependiendo del espacio que ocupa en el mirador.

En el área superior se encuentra un órgano, uno que opera de manera automática reproduciendo canciones armoniosas y pasivas, adecuadas al lugar en el que nos encontramos. El pasillo en el centro es largo, hay flores al inicio de él, pero lo más especial se encuentra en el fondo del mismo. Allí hay un altar, uno hermoso, uno que tiene algo muy significativo además de sus adornos. Hay una cruz, sí, una cruz, donde se identifica una figura, una muy reconocible para quien la ve. Hay un crucificado hace siglos por allá en Jerusalén. Es aquel que conocemos como Cristo, un ser humano capaz de llegar a hacer lo que el mundo en los últimos tiempos ha olvidado: amar, amar y solo amar. La conversación continúa:

—Me siento tan ajena a este tiempo, a este futuro tan maravilloso y a la vez peligroso que hasta creo que fue un error el haber vuelto a abrir mis ojos. Padre, creo que fue un grande y terrible error, uno que ha traído consigo lo único que he visto desde que desperté: problemas. Estos me hacen sentir como un inevitable imán que atrae desdicha a quienes no la merecen, ha traído tristeza a personas que no lo ameritan. Mi papá, mi padre ¡está muerto! Todo ya no es como antes o como solía ser. No sé por qué sigo hablando.

La joven rompe a llorar en un silencio profundo provocado por una plática interior con Dios, uno del que únicamente un observador audaz puede contemplar desde una distancia cercana. El observador se acerca a la joven y le dice:

—¿Daisy, Daisy?

Ella le responde:

—Padre Yan, no quiero abrir mis ojos y mirar atrás, pero no me resisto. El pasado vuelve a atormentarme una y otra vez sin parar.

—Hija, nos es difícil lidiar con nuestro pasado, a todos nos ha costado. Créeme,

cuando tenía tu edad, hace más décadas de las que pudiese contar, al mundo le tocó vivir circunstancias difíciles. Tu padre era bueno, yo lo llegué a conocer, aunque por muy poco tiempo.

—¿En serio?

—Sí, hija. Lo conocí en una confesión.

—¿En verdad?

—En su última confesión, un día antes de su muerte.

—¿Y... qué le dijo?

—No puedo decirlo por mi profesión, sin embargo, te puedo señalar que en esa confesión jamás dejó de mencionarte.

Al escucharlo, la joven de nuevo rompió a llorar, pero esta vez recibió consuelo del padre. Él la abrazó, y así, la conversación terminó.

De inmediato, nos transportamos a otro lugar, a uno rodeado de celdas, cadenas, pero sobre todo rodeado de personas. Bienvenidos a la cárcel Fears.

Camina, el caminante sigue andando, trae un yoyó en la mano. Un puro de cigarro lo acompaña en su boca, uno que enciende y sopla a quema ropa. Su apariencia es elegante, a diferencia de cualquiera que esté en ese lugar. Unas rejas se abren, nadie le pide identificarse para poder visitar a un preso. Llega a la celda 707 y muy rápido alguien le arrima una silla para poder sentarse, poco a poco la ventanilla se abre para revelar el rostro de quien visita. Es Shaddy.

—-Je-je-jefe, ¿está vivo?

—Al igual que tú, Shaddy.

—Sí, ya veo.

—Y dime, ¿cómo te fue en la demolición?

—Me-me-me rescataron.

—Mmm... interesante.

—Sí, lo sé.

El visitante se le queda viendo a Shaddy y de forma siniestra le dice:

—¿Existe algo en mí que te de miedo?

—No, jefe.

—Está bien, tráiganle el agua.

Alguien, desde el interior de la celda, le da un vaso de agua roja a Shaddy, el visitante le dice:

—Tómala, te ayudará a relajarte para responder lo que preguntaré a continuación.

Shaddy titubeando y sin opción toma con lentitud el agua hasta que su visitante comienza a preguntar:

—¿Dijiste algo que no debiste a ellos dos?

—No —responde Shaddy inseguro y nervioso, por ello el interrogador le grita:

—¡Toma más agua!

De forma apresurada, Shaddy toma más agua acatando la orden. El sudor comienza a descender de su frente mientras su visitante le vuelve a preguntar más enérgico:

—¿¡No les dijiste!?

—¡¡No!! ¡Nunca lo haría en mi vida!

Shaddy vuelve a tomar aún más presuroso el agua para volver a escuchar:

—¿En serio que no lo hiciste?

Shaddy se empina el agua terminándosela para gritar con angustia mientras escucha y observa el reloj adentro de su celda:

—¡No! Ja-ja-jamás lo delataría, ¡lo juro por mi vida misma!

En ese momento, el visitante se vuelve a calmar y con la mirada fija en el preso le replica mirándolo a sus ojos angustiados:

—Sabes, me acabas de mentir por tercera vez, la última de hecho.

Parándose de la silla, se retira mientras camina hacia la salida diciendo:

—Me aseguraré de enviar una carta con tus últimas palabras a toda tu familia, de mi puño y letra.

Desde la celda 707 lo único que se pudo escuchar fueron gritos a lo lejos, gritos de angustia y de desesperación que iban disminuyendo de manera lenta, hasta dejar a un preso dormido en el suelo para siempre. El visitante llegó a la salida, abrió la puerta de su coche y con calma se fue del lugar, abandonando la escena y a un cadáver en ella.

Las luces se encienden en otro lugar subterráneo, alguien ha llegado a un sitio que conoce en su totalidad. El lugar se encuentra solitario, lleno de cosas medievales: es la guarida de Neo-Knight. Quien llega junto con él, camina hasta el centro de control electrónico, es MKB. Al ingresar, digita una contraseña, y se da cuenta de que hay un mensaje en el buzón emergente y lo reproduce:

—Mr. Killer-Bot, mi amigo, el día de hoy fue inesperado. Este mensaje justificará lo siguiente que te diré, una confesión que jamás esperé decir: Electrick-City está muerta. La maldad crecerá día con día. Te hago saber que, a partir de este día, ya nada será igual. El reino ha caído; sus pilares, el rey y la reina Hadaway se han ido. No existe motivo por el cual estar aquí, ya no más. El único reinado que aún me es posible proteger es a la Princesa Gótica, a July, al único amor que me queda sobre esta tierra. Llevamos años haciendo esto, a veces parece que los motivos por los que lo hacemos son tan vanos que nos hace pensar que no hay razón para poder continuar. No obstante, hoy observé lo contrario gracias a ti.

»Después de haber gritado, observé cómo a lo lejos seguías persiguiendo al asesino, a uno que quizá ya atrapaste, porque si no de qué otra manera estarías escuchándome ahora. Hoy me di cuenta de que jamás has sido una máquina, que jamás has sido un robot como el que te has hecho llamar todos estos años, hoy vi que eres más humano de lo que yo pudiera aspirar. Me despido hasta encontrar una forma de volver a Electrick-City. Hasta entonces, tú eres el nuevo caballero de esta ciudad, Mac Faraday. Despídeme de todos los que conocí: de Phil, del padre Yan, y si alguna vez despierta, de Daisy, que creo que alguna vez te agradecerá cuando se dé cuenta de todo lo que has hecho. Me despido, MKB., Mac, el mejor amigo que he tenido.

La reproducción ha terminado, el mensaje llegó a su destinatario. MKB apaga el monitor quitándose su máscara y casco. Se lo saca con lentitud para notar que detrás de él, a una corta distancia, alguien lo ha observado todo el tiempo, ese alguien le dice:

—¿Entonces, te llamas Mac?

El individuo conocido antes como MKB voltea a ver quién era y sorprendido le responde:

—Hola, Daisy.

—¿Cómo sabes mi nombre?

—Tu padre lo mencionó antes de morir.

—Vaya... ¡mi héroe!

—Yo no me llamaría así. Por lo que creo que has visto y escuchado respecto a mí... deberías de saber que soy todo lo contrario. Un asesino no es un héroe.

—No me limito a la primera impresión, creo que alguien que esté dispuesto a renunciar a sí mismo para luchar y morir por los demás sí merece ser llamado como tal.

Después de esas palabras, Mac se queda callado por un par de segundos y volviéndola a ver, le menciona:

—Cuando te vi, cuando ya no era MKB, no sabía cuándo ibas a despertar. Después de dejar la guarida, cuando iba de camino a otro lugar para buscar pistas, pensaba cuándo volverías a abrir los ojos.

— ¿Cuando ya no fueras uno de los integrantes de Daft Punk?

— ¿Disculpa?

— Sí. Es que me acuerdo que Phil, mientras estábamos grabando, mencionó que te parecías a ellos, es un estilo retro, me gusta.

Daisy, al terminar de hablar, sonríe. Nuestro protagonista luego de ver la sonrisa en su rostro le pregunta:

—¿Mencionaste «grabando»?

—Sí. Phil y el padre me propusieron salir, quise saber quién eras y Phil fue quien convenció al padre. Te buscamos junto con su amigo Fred hasta dar contigo en el desfile real. Phil le quitó la cámara y yo lo acompañé.

—A la zona de peligro, señorita, a la zona de peligro.

Un religioso entra en escena y continúa:

—Padre, no lo esperaba encontrar por aquí, pensé que estaría oficiando misas o algo similar.

—Tomé unas vacaciones por adelantado, muchacho. Desde que te conocí, decidí darme un descanso. Esta señorita y yo acabamos de llegar.

—¿Dónde está Phil y su amigo Fred?

—Ellos están bien, hijo. Quizá Phil llegue más tarde.

—Después de celebrar su primera exclusiva grabación en el diario de Electrick-City, ¿no, padre?

—Si hija, déjalo. Es muy joven para tener los pies sobre la tierra, está emocionado, todos necesitamos un respiro al día algunas veces, y más por todo lo de esta semana. Hablando de respiros, ¿alguien gusta de una taza de té caliente?

—Yo gusto, no sé si Mac quiera una —responde Daisy.

En ese momento Mac Faraday suelta una sonrisa discreta y los acompaña por una taza de té. En eso, se escucha que el elevador está descendiendo, por lo que el padre señala:

—Quizá ya llegó Phil, hijos míos.

El padre se acerca hasta el elevador, mientras Mac y Daisy se dirigen hacia la mesa. La puerta del elevador se abre con lentitud revelando quién está en su interior. El rostro del padre se torna pálido, está impactado. De repente, lo único que sale del elevador es un disparo:

¡BANG!

La bala atraviesa la carne del sabio, conmociona a un justo ser humano, dejándolo en el suelo. El impacto es escuchado por los oídos más cercanos, la hora del té ha acabado. Nuestro protagonista se dirige con velocidad hasta donde dejó su máscara, casco y arsenal disponiéndose a salir al encuentro como su alter ego, no sin antes decirle a su acompañante dónde encontrarse segura.

¡PTWUFFF! ¡PTWUFFF!

MKB llega a la escena y comienza a disparar contra el intruso, este último aprieta un botón que desata un campo electroestático que deshabilita las armas de nuestro protagonista. El desconocido comienza a gritar:

—Sé que lo sabes, sé que la chica está por aquí. En algún remoto lugar, si en este instante no me la entregas, te destruiré lentamente con mis propias manos hasta arrancarte ese casco de tu maldita cabeza.

La amenaza no le importa a nuestro protagonista, no está dispuesto a detenerse, por lo que corre hacia él. Mientras nuestro Mr. Killer-Bot está a punto de conectar el primer golpe, el malhechor le da un puñetazo directo en la barbilla, uno que hace que nuestro protagonista atraviese una pared de ladrillos perforándolos hasta convertirlos en escombros.

—¡La muerte será tu única recompensa por tratar de salvarla! No importa cuánto tiempo resistas mis golpes, no importa cuánto tiempo me alejes de ella. Al final, ¡su recompensa será... igual a la tuya!

El malhechor, poco a poco, se acerca a nuestro héroe, amenazándolo mientras lo golpea muy fuerte. Nuestro protagonista no está noqueado, y mientras recibe los golpes, él se los devuelve. Los golpes van y vienen, la batalla es brutal, tan brutal que nuestro protagonista comienza a tomar como armas los ladrillos del piso comenzándolos a golpear tanto como los golpeó al inicio. Nuestro protagonista trata de noquear al desconocido, pero no puede. No hay sangre en ninguna parte de su piel, no hay moretones, no hay ningún contacto sangriento, lo único que hay es una pelea para determinar quién se declara vencedor. Daisy observa todo a lo lejos, ella ya no lo tolera, no tolera otra muerte por su causa, en eso grita:

—¡Aquí estoy, déjalo!

MKB aprovecha la distracción de su rival para darle un último golpe en la nuca, sin embargo, este le responde peor aún que su primer golpe. Lo azota con extremada violencia en el piso y antes de darle un último golpe, le dice:

— Vivirás para otro final, uno mortal.

Le suelta un golpe dejándolo sin opción para moverse. El gánster, quien era conocido como Rock Pilatus, se aleja después de ver a su rival en el suelo y de nuevo empieza a disparar.

Los disparos destruyen todo alrededor, arrasan con todo lo que sea que está delante de ellos: armaduras, armas y el trono. Todo está destruido, la guarida de Neo-Knight está destrozada.

Daisy se retira con el gánster, llorando mientras mira hacia atrás. No obstante, entre tanta oscuridad, existe un rayo de esperanza. MKB antes de que suba al ascensor, le dispara un último intento: un localizador, uno que, por fortuna, da en el blanco llegando a su objetivo antes de que las puertas del elevador se cierren. Al momento en el que las puertas se cierran, MKB intenta pararse, pero no puede hacerlo, así que se arrastra en el suelo, apoyándose en sus brazos para poder avanzar con mucho esfuerzo.

Va arrastrándose entre los escombros, entre los ladrillos, hasta que a paso lento se levanta del suelo. Con lentitud, recobra sus fuerzas y se acerca a quien alguna vez le dio un consejo: el padre. Al llegar con él, su casco lo escanea, el radar le indica que puede llegar a tener pulso mediante una descarga eléctrica. Al saber eso, MKB, con rapidez, comienza a frotar sus manos mientras genera electricidad estática para volver a dar pulso a su corazón cuando la despega, el padre despierta de nuevo. Al mirarlo, le dice mientras tose y se recupera:

—Mr. Killer-Bot, quí-quítate eso que cubre tu cara.

MKB se quita su casco y máscara, volviendo a ser Mac. El padre sigue:

Mr. Killer-Bot derrotado

—¡Já! Ya te puedo ver mejor, hijo.

Mac, al ver que la sangre del padre corre sobre sus manos le dice angustiado y alarmado:

—¡No! ¡Usted no! ¡Usted no merecía esto! ¡Está muriendo!

El padre apretándole la mano le dice:

—Hijo... no te angusties. No... temas. No te culpes. Morir... es parte del vivir.

—Pero, padre...

—Mira... desde que te conocí te lo quise obsequiar.

El padre le da un crucifijo y poniéndoselo en las manos continúa hablando:

—Con él vencerás. Jamás... pierdas la fe. Un héroe la necesita más que la valentía para poder enfrentarse a cualquier cosa.

—¡Padre, yo... quiero que viva!, ¡quiero que esté bien! ¡lo necesito aquí!

—Jamás pude estar mejor, hijo, tan solo necesito...

—Diga, ¿qué necesita?

—Compa... ñí... a.

El padre da un último suspiro de vida, dejando a nuestro protagonista roto en la soledad. Después de eso, Mac se da cuenta de algo que parpadea. Es un dispositivo, un localizador en su chaqueta. Un detalle que MKB pasó desapercibido y que le costó la vida de alguien, tal vez querido.

Qué tan perjudicial es una dualidad,

tan enfermiza como algo mortal, «ser tú» o «ser

aquel» que tan difícil es ser «quien»

Sam Aly

La muerte del padre Yan

CAPÍTULO 14
UN DESTINO FRÍO Y SIN RETORNO

«Solo en los sueños se puede hallar consuelo, solo en ellos se puede encontrar un mar por el anhelo». Ese es el pensamiento de una chica, una que despertó después de décadas de un sueño del que quizás jamás esperó despertar. Su nombre es Daisy y está en un lugar desconocido, uno ubicado en lo más recóndito de este mundo, fuera de cualquier ojo humano. La vista de ella no se limita, quiere ver a dónde es que la llevan.

Sube las escaleras de forma lenta y cuidadosa, no quiere caerse al vacío que dejó detrás de ellas. Al final, se encuentra una puerta, una por donde se alcanza a sentir una brisa friolenta y rígida, fuera de este mundo. «¿Alguien me espera?», se pregunta mientras que quien la persigue, apresura el paso para deshacerse de ella. La puerta por fin se abre, develando a ese alguien. El desconocido comienza a hablar:

—La fuente de mi vida frente a mis ojos, señorita Daisy, un placer volver a verla.

La chica se atemoriza ante quien le habla, no se atreve a verlo, ni siquiera a hacerle algún gesto. El que habla continúa luego del repudio que percibió de la joven:

—Fue un error de mi parte el haberte dejado de ver por tanto tiempo, fue mi error descuidarte y pensar que nadie se acordaría de ti. Solo fue cuestión de tiempo para que te encontrase por los azares del destino. Quien se imaginaría que el antes desconocido asesino de mis robots descubriría en el interior del primer robot, el Makh 1, el mayor secreto que he guardado con tanto cuidado todos estos años. Sin embargo, lo único que él no sabe es que tú eres ese secreto.

Cuando concluye, Daisy le reprocha gritándole:

—¿¡Por qué me quieres mantener con vida!? ¿¡Cuál es tu obsesión!?

—La inmortalidad, preciosa. El sinfín de la vida, dentro de ti está esa respuesta que tanto he buscado. Tú eres la inmortalidad en carne y hueso.

Ante la confesión, Daisy se queda atónita y sin palabras, no sabe qué decir, por ello el anciano continúa:

—¿Acaso no te ves? ¿No sabes por qué eres tan joven a pesar de las décadas y décadas que han pasado?

—Fue porque experimentaste en mí.

De pronto, quien le habla se enfurece y rígidamente responde:

—¡No!, ¡no, criatura!, ¡no es por eso! A diferencia de todos los demás con quienes

había hecho el experimento de la criogenización, tú fuiste la única que sobreviviste por un gen especial dentro de ti. Tú le diste al mundo el siguiente paso para su evolución, le diste la posibilidad de contener el infinito dentro de sí. Tu difunto padre jamás lo entendió.

A la chica se le cae una lágrima al escucharlo y le replica:

—Si ya me tienes, deja a un lado a Mr. Killer-Bot.

—Me temo que será imposible, querida joven, le prometí a quien te trajo ante mí que su venganza está asegurada. Mr. Killer-Bot vendrá, y por ello... morirá por ti.

Una tormenta termina la conversación mientras que, en otro lugar, alguien cura sus heridas. El daño que parece tener, en realidad, no provoca dolor para quien lo está padeciendo. Para Mac Faraday, el dolor no existe. Lo único que queda en él es un sentimiento de venganza. Sus emociones se reflejan en la cara y alguien repara en ellas; un pequeño individuo que le pregunta:

—¿A qué jugaste que saliste tan herido?

—A nada, Toby —contesta de forma fría y cortante.

—Como tu único hermano, te recomiendo que le pidas ayuda

El hombre detrás del asesino de máquinas

a mamá, ella sabe mejor cómo curar las heridas.

—No son heridas las que tengo… solo son los resultados de mis acciones.

—Imagino que no fueron favorables para Mr. Killer-Bot.

Por un segundo, Mac se sorprende ante semejante revelación dada por su pequeño hermano. Él conoce su identidad.

—¿¡Cómo lo sabes!? —le pregunta susurrándole exaltado.

—No necesito tener rayos X para ver detrás de una máscara, Mac. Tranquilo, tu secreto está a salvo, necesitas ser un héroe.

—Ya no quiero serlo, ya no quiero perder a nadie. Sabes, cuando estoy dentro del casco, ya no soy yo. Desde el accidente que tuve hace un par de años, alguien surgió dentro de mí, ese alguien es… Mr. Killer-Bot.

—Tú eres ese alguien, no hables de él en tercera persona, solo… no dejes de ser él.

—Cada vez que lo soy algo pasa.

—A todos nos suceden cosas, Mac, no por eso nos rendimos. Continuamos y luchamos hasta el final, hasta vencer, hasta el veredicto.

—Eres muy sabio para ser un niño.

—Lo aprendí del mejor.

Su hermano se despide diciéndole lo anterior mientras le guiña el ojo dejando a un Mac reflexivo. Entre sus pensamientos, sentimientos y temores, le llega de repente la solución: recuerda que la ayuda es importante si quiere avanzar. Es así, que después de curar sus múltiples heridas, se dirige a un lugar donde la información es la principal fuente de ingresos, al diario de Electrick-City.

Mientras sube a través del elevador al piso donde se dirige, observa los rascacielos y el transporte futurista de esa ciudad. Al llegar al último piso, ve a lo lejos como Phil está celebrando junto

El diario eléctrico

con Fred el triunfo de lo conseguido gracias a su grabación. Cuando este nota a nuestro protagonista, celebra diciéndole a todo el público de la oficina:

—Este hombre es la onda —en lo que todos comienzan a aplaudir. Mac no tiene tiempo de celebrar y por ello lleva a Phil a un lugar con menos ruido para decirle:

—Me dirijo a un viaje del que quizá no haya retorno, Phil. El padre... ha muerto.

A Phil le cambia el semblante, su sonrisa y alegría se borran de la cara llegando a una apariencia pálida y angustiosa que le hace mencionar:

—¿¡Cómo que... está muerto!?

—Murió en mis manos, Phil. Por eso, necesito que te quedes con esta memoria que contiene todas las pruebas necesarias para hacerle saber al mundo lo que en realidad son las empresas Hayden. Revélala en el momento correcto, Phil, confío en lo que harás.

Sin decir más Mac se retira y Phil le pregunta mientras se aleja:

—¿A dónde vas?

—Si te lo digo, te buscarán hasta el fin de tus días hasta eliminarte. No quiero ver morir a alguien más el día de hoy —y así, Mac se dirigió a otro destino, dejando a un reflexivo Phil.

En otro lugar, alguien se encuentra caminado en un pasillo profundo, uno que al final tiene una lámpara iluminando algo cubierto por un plástico. Quien camina va jugando con una moneda, la va lanzando de una mano a la otra hasta llegar a su destino. Desmantela lo cubierto y lo enchufa hasta que al final la pantalla se enciende. A punto de ingresar la moneda para poder jugar en una máquina arcadia, mientras *Separate ways* de Journey se escucha de fondo en todo el lugar, el ilusionista menciona:

—Te vi entrar antes de que abrieras la puerta, Mac. ¿Qué necesitas?

—Tomar altura, Mindfreak, esto va más allá de toda la magia que haces todo el tiempo.

—Debe de haber un motivo muy especial, ¿cuál es?

—Mr. Killer-Bot necesita llegar a un lugar que solo tú puedes llegar.

—¿Cuál es el destino?

Chris Mindfreak

TURNING-POINT!!!

Todas las cartas ya están sobre la mesa,

todo está planeado; ambos bandos tienen

algo que se traen en mano.

Espero que el siguiente capítulo les impac-

te tanto como el inicio de este libro.

Estén atentos, pero sobre todo...

¡Sorpréndanse!

Sam Aly

CAPÍTULO 15
LA HORA FINAL

Un avión surca los cielos de un helado clima, a una altura donde hasta la más avanzada tecnología, con la que contamos en el futuro, le es difícil de localizar.

Chris Mindfreak, quien pilotea el avión, grita a quien está a tan solo unos pasos:

—¡Al final no hubo necesidad de usar trucos, MKB! Pero creo que tú sí necesitarás algunos por cómo se ve ese verde y apocalíptico cielo delante de nosotros.

Tal como lo indicó, un relampagueante y tormentoso cielo se asoma a la vista del par, mientras que nuestro protagonista, después de espectarlo, decide dirigirse hacia la compuerta. Chris, viendo desde el espejo frontal, observa que MKB está listo para saltar.

Una compuerta se abre y deja que la turbulencia del aire nevado entre como una avalancha que parece no terminar. Una repentina turbulencia comienza a sacudir todo el avión.

Disparando todas las alarmas que comienzan a sonar, Chris trata de controlar la situación, gritando a MKB:

—Dentro de esta área los radares y la computadora comienzan a fallar, si quieres llegar a tu destino tu momento es ahora.

MKB voltea hacia él, mirándolo con intenciones de ayudar, en tanto Chris responde:

—Estaré bien. Si sobrevives, presiona el botón que te di. Volveré por ti viejo amigo.

Al escuchar sus palabras, nuestro protagonista se despide, a su estilo, de quien le ayudó:

—Porque el tiempo lo dice todo: es hora de salir.

MKB procede a lanzarse entre la tormenta y el peligro, el infierno se refleja en el cielo mientras desciende, lo inesperado le espera. El tiempo se torna efímero.

Ante su llegada, su destino le aguarda como su fin. Una gigantesca fábrica es admirada por el espectador robótico, ya que se encuentra custodiada por una multitud de guardias robots. El material de la enorme ciudadela es frío y pesado, semejante a una combinación entre metal y mineral de color esmeralda, produciendo un efecto cristalino y resplandeciente que la hace brillar como ninguna. Su energía se genera por tecnología del siglo pasado, por gigantes bobinas que emulan al rayo.

Mientras MKB camina, se encuentra con desechos mecánicos, máquinas y circuitos deteriorados por el paso del tiempo, donde las cabezas de robots destrozados se asemejan a cráneos humanos, como si una guerra nuclear se hubiese llevado a cabo. Observa con detenimiento lo anterior, de un lado a otro, analiza el entorno con su visor concluyendo que se encuentra en la soledad.

Llegando a la puerta, sin tomar atajos, los guardias robóticos de inmensas proporciones comienzan a atacar a nuestro protagonista, su reacción a las agresiones confirma el por qué lo llaman «el mata robots». Entre la maquinaria muerta que se encuentra entre sus pies, MKB dispara a la puerta derrumbándola de un tiro y procede a entrar. El interior parece un palacio, semejante al de un rey solitario. Hay candelabros, velas, pinturas de proporciones descomunales pintadas por los artistas más reconocidos de todos los siglos y armaduras por doquier tan letal como el espíritu de los guerreros antiguos.

La fábrica de la muerte

Todo pasa por alto para nuestro protagonista dado que comienza a escuchar exaltados gritos:

—¡¡¡Auxilio!!! ¡¡¡Auxilio!!! ¡¡¡Auxilio!!!

Poco a poco, la intensidad del sonido se hace más clara en la parte superior, lo que impulsa a MKB a ascender por unos deteriorados escalones. Mientras sube, carga su armacon precaución, los candelabros con velas alumbran su ascenso. Al llegar a la parte más alta, se encuentra con una puerta abierta, como si esta lo estuviese esperando. Al entrar, su interior está sumergido por una entera oscuridad, lo que hace que active su visión infrarroja para explorar el vacío y silencioso espacio. En el fondo del cuarto, un tubo emerge desde el subterráneo devela a una dama en su interior: Daisy.

MKB, sin perder más tiempo, corre muy rápido hacia ella. Sin embargo, algo sucede: **¡FLASH!**

Una luz roja resplandeciente lo estampa provocando que se ciegue. A su vez, comienzan a escucharse ruidos repentinos, son reactores sónicos que emergen desde las paredes emitiendo fuertes ondas: **¡BRANG!**

Un máximo decibel penetra hasta el interior del casco de nuestro protagonista dejándolo ahora aturdido. Ante la conmoción y debilidad, se comienzan a escuchar pasos que retumban en el piso, MKB no se ha dado cuenta de quién ha llegado. Recuperando un poco su audición, oye como única precaución un grito femenino que le advierte:

—¡¡¡Cuidado!!!

De repente, un golpe demoledor 

lo lanza al otro lado del cuarto y choca contra un muro, destrozando un reactor sónico. Herido y un poco quebrado MKB se levanta con esfuerzos esperando a la amenaza desconocida. Al recuperar la vista se da cuenta de que su visión infrarroja se ha inhabilitado, sus instintos ahora son lo único que lo guían. Un par de segundos transcurren y nada pasa, solo está una chica asustada en el fondo del pasillo.

Ella guarda silencio mientras apunta a una llama de fuego lejana que se apaga con un soplo.

Nuestro protagonista dispara y los pasos que antes se escuchaban, comienzan a retumbar: **¡TUM, TUM!**

MKB dispara una ráfaga de municiones, cada impacto pierde su distancia, el sonido del suelo cada vez se percibe más cerca, hasta que una bomba explota: **¡KA-BOOM!**

Y destruye los muros alrededor, iluminando por completo el interior para revelar al amenazante Rock Pilatus.

Con una visión completa, MKB ataca de manera sorpresiva al líder de los *punksters*, quien le responde igualmente. Golpes van y vienen de ambos lados en tanto que Daisy observa cómo dos individuos luchan por distintos motivos: uno para vencer y el otro para matar. Ella no es ajena al sufrimiento que conlleva, harta y entristecida, rompe a gritar con una voz quebrada:

—¡¡¡Deténganse!!!

Ante eso, MKB se distrae frenándose a mirarla, un grave error que aprovecha su rival y le da un último golpe que le fragmenta el casco y le rompe parte del visor, noqueándolo de forma definitiva, declarándose vencedor. Ya en el suelo, nuestro robótico personaje es encadenado y retirado del cuarto mientras lo arrastran por el suelo descendiendo hasta llegar a lo que parece ser un trono. En él, hay un misterioso personaje sentado como un rey que porta un casco y armadura robótica que le ocultan la piel. MKB ahora está ante su presencia, este ha sido despertado por una descarga eléctrica provocada por quien lo venció, este último se retira y el desconocido del trono comienza a hablar:

—El asesino de máquinas ante mí, nos volvemos a encontrar después de tanto tiempo. Tiempo que has aprovechado sin saber que lo has perdido todo.

Nuestro protagonista robótico intenta zafarse de las cadenas que lo aprisionan, pero su intento es inútil. El desconocido continúa hablando:

—Hace un par de años un accidente ocurrió en una de mis fábricas. Un joven curioseaba cuando un experimento se llevaba a cabo por el Dr. Faraday, su tío.» «La mente de un robot dentro del ser humano» qué interesante sonaba el sueño que revolucionaría al siglo para la siguiente evolución humana. Si tan solo el joven que curioseaba no hubiese descubierto las intenciones de este vil viejo: convertir al ser humano en un robot...

»Al ser obligado, el doctor realizó el experimento teniendo a su sobrino como el único sujeto que albergaría su secreto. Por desgracia, terminó en una gran catástrofe. ¡Nadie sobrevivió, excepto el curioso joven! «Mitad máquina, mitad robot», ese era el encabezado que, por aquel entonces, apareció en todos los periódicos de Electrick-City. La noticia que informaba el hallazgo del sobreviviente que más tarde se convertiría en el asesino de mis máquinas: Mr. Killer-Bot. La dualidad perfecta entre una máquina y un hombre, el híbrido perfecto.

»Al poco tiempo, el desconocido comenzó a asesinar a mis máquinas, a mis preciados robots, convirtiendo sus hazañas en una cacería metálica como ninguna otra, como un acto de rebeldía, mejor llamado, un acto de venganza. Aunque este desconocido se mantenía en incógnito, sus actos comenzaban a llamarme la atención y por ello recordé a alguien que buscaba lo mismo que él. Existió un trabajador mío, un científico dedicado que tenía una hija con una anomalía especial en su ADN. Este, descubrió en ella, un secreto que no estaba dispuesto a compartir con nadie del mundo, algo que se cree imposible hasta nuestros tiempos: la inmortalidad.

»Se dio cuenta de que la niña no envejecía como los demás, que sobre ella el tiempo pasaba de otra forma. En ese momento imaginé que ese debía no solo ser un don para ella, sino un regalo para el mundo entero. Rapté a la señorita y experimenté con ella en base a la criogenia, una práctica futurista para el siglo pasado que se creía imposible. Esta ciencia no solo ayudaría a aplazar más el tiempo de vida de ella, sino que la conservaría para siempre como una fuente de inagotable inmortalidad.

»Al buscar a quien la había raptado y encapsulado para siempre, el padre quiso venganza y falló en su primer intento. Fue sentenciado al manicomio, una tortura impuesta por mí, con una cadena que perduró hasta su segundo intento que sucedió la mañana en la que una entrevista se llevaba a cabo a causa de la muerte del primer robot, entrevista donde mi insignificante y patético amigo, el Dr. Lyfer, fue asesinado.

»Así fue que el asesino de máquinas había descubierto la pista que le costaría traerlo ante mí. Descubriría dentro de la cabeza del primer robot la cinta cinematográfica que daría pie a su insaciable necesidad de venganza, para demostrar la verdadera cara de industrias Hayden. Para ello, necesitaba reproducirlo en el único lugar posible que quedaba: el Noir Cinema. Cuando encendió el proyector, una señal comenzó a emitirse revelando tu ubicación y provocó que mi bajo mundo se encargara de ti: los *punksters*.

»Ellos te traerían ante mí, ahorrándome el trabajo, pero escapaste. Ante eso no me quedo más remedio que atraerte a una trampa que jamás viste venir, adelantar la muerte de The Madder, dado que él era la última pista viviente que quedaba. Pese a ello, al igual que tú, escapó con ayuda de quien el mundo entero conoce como el caballero futurista: Neo-Knight, y juntos me quitaron a mi fuente de vida, Daisy, a quien más necesito para seguir viviendo.

»Sabía que con el caballero ahora involucrado tu victoria estaba asegurada, con su ayuda lograrías tu objetivo. Por ello, realicé algo impensable que se me había ocurrido hace mucho tiempo, algo que ni con toda la magia del mundo se escaparía: acabé con la familia real. Ante este suceso, el caballero se retiraría para proteger a la princesa, dejando manchado su nombre, ya que al ayudarte se había convertido en uno de los criminales más buscados y al igual sería culpado por la muerte de los difuntos reyes. Ahora es un prófugo del reino caído de Electrick-City. Al cumplir su objetivo, el robot que asesinó a los reyes comenzó a alejarse de la escena, esperando a que lo capturaras e interrogaras. Un rastreador te fue colocado muy sigiloso, y te seguiría a cualquier lugar a donde fueses, principalmente, al lugar donde estaría la niña, donde el Sr. Rock la recuperaría, con otra tarea adicional: dejarte vivo para este final, hasta mis pies, hasta tu creador.

Luego de su discurso el desconocido se quita el casco y revela su identidad. Es Axl Hayden quien grita:

—¡Gracias a ti, hoy la inmortalidad será mía! Estoy muriendo y la chica es la cura. Te presento a... The Immortal Machine.

Hayden oprime un botón de su bastón y provoca un gran temblor. Desde las profundidades subterráneas, una colosal máquina emerge. A sus lados portan bobinas que despliegan relámpagos generados por la inmensa electricidad. Hay dos tubos en ella que sirven para un solo propósito: obtener la inmortalidad. A la lejanía, se vuelven a escuchar los pasos de Rock Pilatus quien trae entre brazos a una inconsciente señorita.

Encadenado y como espectador, MKB observa cómo Daisy es ingresada en un tubo mientras que el anciano es conectado a otro. Rock Pilatus jala la palanca y el experimento comienza. Las bobinas generan volteos con inmensos rayos que chocan unos con otros. De a pocos, los dos tubos criogénicos comienzan a generar aire, de forma similar a la de la ejecución de The Madder. Uno de los indicadores del pulso cardíaco disminuye, se vuelve lento y reduce su frecuencia de manera paulatina, el otro aumenta estrepitoso sin detenerse.

Los mecanismos de energía suben con exageración hasta que su indicador comienza a señalar que está fuera de control, hasta que por fin todo culminó. Una cápsula se abre mostrando a un hombre muy distinto. Luce joven, imponente y poderoso: Axl Hayden ha renacido. No obstante, no todo es triunfo y admiración. No, el pulso de la chica ha desaparecido del indicador.

—Tuvo éxito, Sr. Hayden, ¿qué sugiere hacer con este?

Rock Pilatus pregunta de modo frío mientras apunta con un arma la cabeza de MKB.

—Destruirlo de lentamente, como a un robot.

El Sr. Hayden toma a nuestro protagonista del cuello y lo levanta del suelo con violencia, arrancándole las cadenas que lo tenían aprisionado. Aprovechando la situación,

MKB le da un brutal y rápido golpe a la cabeza.

Por desgracia, el esfuerzo es inútil. Parece que no se puede matar a lo inmortal.

Hayden le rompe la mano a su robótica víctima, mientras todos los circuitos de la misma se desbaratan como chatarra.

—Ser hombre y robot, ja, ja, ja. Pensar que tu tío, como última esperanza antes de morir, implantó en ti, su más grande creación, un código para que cumpliera con una sola función: asesinar a todos mis robots.

El salvaje le rasga parte de la máscara fragmentando el casco y el visor mientras observa como un ser humano sangra sin pedir piedad. Esto último lo nota el inventor de máquinas y se despide de su víctima diciéndole:

—¿Puede un robot matar a otro robot? Algo contradictorio, pero real. ¿Puede la vida convertirse en una máquina? Mr. Killer-Bot, Mr. Killer-Bot, Mr. Killer-Bot, ¿eres un hombre o un robot?

Sus palabras se interrumpen por un inesperado grito de dolor. En eso, algo en su interior comienza a cambiar y suelta a MKB quien termina en el suelo, lo que le permite a nuestro protagonista tomar su arma con la mano no dañada y dispara una y otra vez a aquel que en el pasado se habría declarado vencedor.

La máquina inmortal

Los disparos son acertados, todos hacia el oponente, pero Hayden tiene otras preocupaciones:

—Algo crece dentro de mí. Mis manos, mis pies, mi cerebro, me estoy transformando. 

Gritos de desesperación se desatan ante la progresiva transformación que un ser humano soporta con dolor, causada por la alteración genética del experimento. Una bestia interna se asemeja a lo más cercano de la dualidad que un ser humano esconde en su ser.

La ambición por la inmortalidad ha tenido una tremenda consecuencia. El humano que la posee es acreedor de esta, similar a lo que antes se consideraba ciencia ficción. El Sr. Hayden se ha convertido en un nuevo Mr. Hyde.

MKB observa a un fenómeno caminante sobre la tierra que parece haber surgido del mismo Hades. Su aspecto grotesco y sin alma, careciente de conciencia humana lo transmite solo con su mirada, en tanto que grita de forma tormentosa por ser un monstruo viviente. Esta bestia, sin perder tiempo, ataca a nuestro protagonista.

MKB esquiva el primer golpe demoledor que impacta como el trueno. Su mente robótica está preparada para el duelo.

El monstruo conocido como Mr. Hayden comienza a desesperarse por cada golpe que falla. Rock Pilatus disfruta del espectáculo mientras observa la batalla fumando con su pipa. Nuestro protagonista trata de encontrar el punto débil de Mr. Hayden, su mente robótica analiza, de forma inconsciente, los movimientos de su atacante a medida que avanza la pelea. Una descarga eléctrica proveniente de su mano es el siguiente ataque de nuestro protagonista, descargas de energía impactan en el corazón del fenómeno haciéndolo enfadar a tal grado de arrancar el trono donde alguna vez, su «yo interno» se encontró.

¡¡¡TRASK!!!

El tremendo impacto recae en The Inmortal Machine, provocando que parte de la maquinaria se dañe desprendiendo corrientes eléctricas que resultan un tanto inesperadas. De repente, un sonido a lo lejos se escucha, un indicador vuelve a funcionar emitiendo:

¡BIB!

MKB al ver y escucharlo, termina realizando un inesperado contraataque y genera una bomba de humo, nublando la vista de Mr. Hayden. A continuación, dispara hacia arriba apuntando a un objetivo: un enorme candelabro que termina derrumbándose sobre el monstruo viviente:

¡CRASH!

Esto deja a Mr. Hayden inconsciente.

Sin perder tiempo, nuestro robótico protagonista se dirige hacia donde todo comenzó, The Immortal Machine, para rescatar a la dama que duerme aún bajo cero.

Observa que la máquina de la inmortalidad todavía funciona, pero sus controles están dañados y necesitan reparación inmediata. El tiempo corre a la par que lleva a cabo la reconstrucción de los últimos, la tensión aumenta debido a que las bobinas eléctricas siguen generando electricidad, un peligro para cualquier mortal. El pulso de la dama bajo cero comienza a despertar y el objetivo de nuestro protagonista está cerca de su final.

Enseguida MKB jala la palanca de reactivación de los controles para finalizar su encomienda, sin embargo, antes de que la baje por completo, un par de cadenas de hierro le rodean el cuello lanzándolo lejos de la máquina. **¡¡¡CRASH!!!**

Se estrella en una ventana que se fragmenta, haciendo que esta última se despedace sobre él. A lo lejos, MKB percibe de manera borrosa a un imponente adversario quien con una atemorizante voz le dice:

—Un héroe resistiendo hasta el final. Un idiota sobreviviendo para su muerte. El destino de esa chica fue escrito desde que no pudiste salvarla de mí. Al igual que tú, ella está condenada a morir y te lo demostraré.

Retirándose y sin decir más, Rock Pilatus se dirige a The Immortal Machine mientras nuestro héroe caído lo ve. Llega hasta los controles de la máquina, jala con agresividad la palanca que MKB no pudo y reactiva la energía y las bobinas de Tesla. ¡¡¡Tras!!!

¡¡¡TRAS!!!

La electricidad alterna se desborda deslumbrando el lugar con sus rayos azules mientras el demente ha finalizado su cometido. Rock Pilatus se retira de ahí, no sin antes disparar a la máquina.

Destruye The Immortal Machine y genera que todos los circuitos se salgan de control provocando una masiva sobrecarga

¡BANG, BANG, BANG, BANG!

eléctrica que comienza a destruir el lugar.

—Ahí está tu cometido, Mr. Killer-Bot. El hombre mitad máquina, mitad robot.

¡¡¡KRA-KATA-BAM!!!

Un temible Rock Pilatus se acerca a nuestro protagonista mientras ve cómo a este último se le desprenden pequeños destellos de electricidad. Dejando pasar por alto esta situación, Pilatus procede a tomarlo del cuello alzándolo mientras los fragmentos de vidrio que nuestro protagonista alberga comienzan a caerse al suelo. Los destellos de energía se hacen más evidentes sobre MKB como si un corto circuito se estuviese produciendo sobre él. De repente, una fuerte y poderosa mano comienza a estrangular poco a poco a quien detrás de la máscara es conocido como Mac Faraday, hasta que MKB lo detiene.

De un segundo a otro, nuestro robótico héroe vuelve a la batalla sobrecargado de electricidad. Quién pensaría que la sobrecarga eléctrica, producida por la máquina de la inmortalidad, generaría tanta energía haciendo contacto con la víctima robótica más cercana y ocasionaría que esta última absorbiera su poder permitiéndole que vuelva a convertirse en el héroe que todos conocemos: Mr. Killer-Bot.

Golpes que despliegan luz y chispas van de un lugar a otro, como si el hierro y el acero luchasen entre ellos. La batalla es ardua y dura, solo uno vivirá. Antagonista y protagonista se acercan a la máquina mientras todo se desmorona a su alrededor. Un golpe devela algo que hace que MKB se detenga. Parte de la máscara de Rock Pilatus se rasga, confesando su identidad, la cual no es humana. Parece ser de...

—Parezco un robot, ¿no? Adivina, parásito de metal. No eres el único ser viviente capaz de ser de carne y de metal. El Sr. Hayden realizó las modificaciones en mí. Por cada trabajo que desarrollaba para

Mr. Killer-Bot vs Rock Pilatus

él, una parte humana de mí moría sin sentir. Llegó un punto en donde todos mis huesos fueron reemplazados por metal y mi carne por circuitos de electricidad. Y aquí estoy, el asesino que te aniquilará.

En esa instancia, el enfrentamiento se reanuda más letal que el anterior, ahora dos máquinas intentan destruirse sin opción. MKB golpea, como si intentase sobrevivir ante la impactante revelación. Por cada golpe que da, los huesos y el metal de Rock Pilatus se hacen más evidentes, dejando ver su metálico esqueleto y cráneo, mostrando a un ser humano convirtiéndose en una máquina asesina, desmoronándose gradualmente. Rock Pilatus comienza a contratacar de manera violenta, pero el héroe ya no está dispuesto a perder y esquiva, se detiene y realiza hasta lo imposible para mantenerse de pie. De un momento a otro, Rock Pilatus logra derrumbarlo de un golpe.

Hace que nuestro protagonista se arrodille ante sus pies mientras lo ahorca.

Seguro de terminar con él, el líder de los *punkster* saca de su saco el arma con la que apunta directo al casco de nuestro protagonista. Le habla muy lento como si se arrepintiera de lo que está por hacer, mientras observa a su alrededor con detenimiento cómo todo se desmorona y la lluvia y electricidad caen sobre él.

—Solo somos una máquina, una máquina que morirá... como el tiempo mismo —y jalando el gatillo dispara.

El estruendo se escucha en todo el lugar. Lo único que el líder de los gánsteres no tuvo en cuenta es que este héroe vivirá para otro final. MKB se levanta al segundo, con incontrolables rayos de electricidad que se convierten en un golpe relámpago directo a la cara, que rompe parte del cerebro y circuitos del rostro de Rock

¡¡¡KAPOW!!! Pilatus. Todo explota. El vengador robótico es el vencedor.

Dirigiéndose presuroso hacia la máquina inmortal, MKB repara que el pulso de Daisy sigue activo a pesar de la sobrecarga eléctrica, aunque los controles están fritos y por ello es necesario romper el cristal. **¡¡¡CRASH!!!**

Sin perder tiempo, nuestro protagonista comienza a golpear la cápsula de la inmortalidad dado a que esta está blindada.

¡¡¡CRASH!!! ¡¡¡CRASH!!! ¡¡¡CRASH!!!

Sus golpes retumban escuchándose en todo el lugar reflejando su desesperación, mientras su puño se vuelve añicos nota cómo Daisy aún no despierta. Su mente robótica solo quiere salvarla, de pronto, un disparo atraviesa **¡BANG!** la cápsula.

Un derrotado Rock Pilatus resurge gritando en tono salvaje:
—Tú... ¡morirás con ella!
MKB se gira para cubrir la cápsula, recibiendo todos los impactos balísticos del gánster que dispara. Los disparos se sienten cada vez más cerca, hasta que nuestro héroe comienza a notar que,

detrás de Rock Pilatus, se encuentra la bestia que antes enfrentó.

Rock Pilatus es atravesado por las manos de Mr. Hayden.

El estruendo de la tormenta refleja el impacto de esta última acción en tanto que el monstruo empala a quien antes era conocido como el líder de gánsteres, tirándolo al suelo para dirigirse hacia su siguiente objetivo, MKB. Nuestro protagonista ataca de nuevo, sin aguardar ningún golpe contra el monstruo que tiene enfrente. Los golpes eléctricos comienzan a tener efecto entre tanto la bestia ataca de forma salvaje. MKB se detiene y se percata de que algo le está pasando a Mr. Hayden. Cuando la electricidad lo toca, un cambio en el cuerpo de la bestia se comienza a observar, su tamaño comienza a reducirse de manera paulatina, mientras el pulso de su corazón aumenta. En su interior la mente comienza a recuperar la conciencia, Mr. Hayden intenta a recordar a Axl. Entre gritos de desesperación y lamentos, el monstruo comienza a notar todo lo anterior y exclamando grita:

—¡Soy un monstruo, no voy a morir! Ne-necesito más vida, ¡necesito más... energía!

A continuación, el monstruo toma a MKB, absorbe toda la carga eléctrica y grita:

—Soy el inmortal Axl, soy y seré... ¡¡¡¡inmortal!!!!

MKB golpea con todo lo que tiene para deshacerse de las garras de este, sin conseguir nada. Pese a ello, a lo lejos, ve lo que quizá sea su última esperanza: el arma de Rock Pilatus. Como úl-

Un monstruo llamado Mr. Hayden

timo intento termina dando un estruendoso y desbordante golpe de electricidad a la cabeza de Mr. Hayden.

¡¡¡KA-POW!!!

Logra su objetivo. Corre muy rápido mientras la eléctrica bestia lo persigue, esquivando todos los obstáculos que caen del techo a la vez que todo se desmorona. MKB cae, derrapa sobre el suelo y después dispara al corazón.

¡BANG!

La bala atraviesa a Mr. Hayden haciendo que caiga al suelo, derrumbándose como Goliat.

¡¡¡CRASH!!!

De a pocos, Mr. Hayden se comienza a transformar, se convierte en Axl Hayden. Con la pistola en su mano nuestro protagonista observa un terrible final para alguien que pretendía lo imposible, la inmortalidad. Por otro lado, ve a un hombre mitad máquina y mitad humano destrozado, que buscaba algo que, por desgracia, encontró: la muerte misma.

MKB ya no puede perder el tiempo y vuelve a la cápsula, comienza a disparar

¡BANG, BANG, BANG!

hasta perforar el cristal y poder salvar a la única esperanza que lo mantuvo vivo hasta el final, Daisy. La carga entre sus brazos y corre esquivando todo obstáculo hasta salir de la fábrica. Al hacerlo, aprieta un botón que llama a Mindfreak y parado como

una estatua espera en un lugar seguro apreciando cómo un reino
cae. Hay un origen en toda historia de cada héroe, este es de él.

CAPÍTULO 16
LA VERDAD
HAYDEN

Diversas fuentes, desde una lejana perspectiva, han captado la gran explosión de una fábrica causada por enormes cantidades de energía. La fábrica, al parecer, era de Axl Hayden, dueño de industrias Hayden. Hayden ha muerto. Archivos y videos clasificados de sus empresas han sido difundidos en todo el mundo, se han viralizado, lanzados a la luz por medio de Philip Panasonic y Frederick Jasman, quienes mencionaron que una fuente anónima se los hizo llegar. «Denle muerte a Hayden y a los robots», «dejen vivir a los robots». Se han formado dos bandos, uno a favor de los robots e industrias Hayden y el otro, en su contra.

¿Cuál y cómo se dará a conocer la decisión? ¿Cuál es el destino del reino y de la Electrick-City ahora que nadie está al mando? ¿Dónde está Neo-Knight? ¿¡Dónde está Mr. Killer-Bot!?

Un relámpago atraviesa el cementerio, hay una tormenta de nieve. La brisa fluye alrededor, mientras las tumbas se ven desde el mirador. Las campanas comienzan a sonar:

Alguien se aprecia a través de las ventanas, es Daisy quien está en el funeral del padre Yan. Hay muchas personas que conocían al padre, que lo querían, que lo odiaban, que lo amaban. Un discurso comienza mientras una melodía de fondo, *Unchained Melody* de Elvis Presley, se escucha:

—Por desgracia el padre Yan Brown Dowie ha muerto. Queridos hermanos, lo único que nos queda son sus recuerdos y enseñanzas, pero sobre todo su espíritu que se siente entre todos nosotros.

Al mismo tiempo que el discurso continúa, un individuo a lo lejos observa a la jovencita presente en la desgarradora y triste escena, hasta que ella siente su mirada. Viéndolo a distancia, se dirige hacia él, pero esta señorita se ha dado cuenta de que, a quien vio, ya no está. En otro lugar, quien fue notado por Daisy en el cementerio, alguien conocido como Mac Faraday, se encuentra sentado, reflexionando sobre todo lo que ha pasado escuchando en su radio Love Hurts de Nazareth, mirando su máscara y casco, contemplándolo de cierta manera. Destapa una soda y empieza a beber de ella.

—La inmortalidad fue una vil mentira, una ilusión que terminó con la vida de Hayden. Tal vez y según las grabaciones de mi casco, creo que la pregunta que este último planteó, antes de convertirse en el monstruo que fue, permanece aún dentro de mí: ¿eres un hombre o un robot? —nuestro protagonista habla en su mente hasta que escucha que una puerta se abre y quien la atraviesa le dice:

—Hola, Mac. ¿Cómo estás? ¿Qué pasa? ¿Por qué esa cara tan triste? —una dulce y preocupada voz le pregunta a nuestro protagonista, quien responde:

—Nada, Daisy, solo... me mantengo pensando en eso.

Mac apunta su vista hacia su casco, visor y máscara, a su alter ego, y continúa:

—El padre hubiese estado feliz con vida, con nosotros, sabiendo que todo terminó.

—Lo está ahora.

—¿Cómo puedes saber eso, Daisy? ¿Tú no moriste por mí?

—Pero sí fui rescatada por ti.

—Gracias a Dios sigues viva.

—Eso es algo que él diría.

—Lo sé, solo que estos días yo ya no sé quién soy.

Justo en ese instante, Daisy abre un buzón y de él saca algo, va con Mac y le dice:

—Ten. El único día que estuve con él, me dio esto.

Daisy le entrega a nuestro protagonista un sobre que en su interior alberga una carta en donde se alcanza a leer una elegante letra:

—Hijo, si Daisy te lo entregó, es porque de verdad, lo necesitas. Si lo estás leyendo, creo que has superado todo hasta el final. Jamás me olvidaré de la primera vez que te vi, te observé dormido, noqueado, estabas desmayado. Phil te quitó la máscara para poder ver quién eras en realidad, él seguía pensando que tú eras un robot o que tal vez eras parecido a Neo-Knight, el caballero futurista que más tarde conocí. Pero qué gran revelación tuvo Phil al saber que eras solo un ser humano, un muchacho parecido a él, un poco más maduro de edad.

»Le pareciste su mayor descubrimiento hasta la fecha. Jamás me olvidaré de la primera vez que nos dijiste a mí y a él «al ponerme la máscara ya no soy el Mac que solían conocer», y te convertiste en Mr. Killer-Bot. Bajaste muy rápido hacia un abismo lleno de caos, sin importar que tan infalible te era morir ahí. Más tarde, esa misma noche, vi a lo lejos como el padre de una hermosa criatura te entregó a su más preciado regalo: su hija. Luego llegaste a la base de Neo-Knight y reprodujiste el audio que nos reveló su nombre: Daisy.

»Vi cómo, con cuidado, la llevaste hasta la cama y la miraste con detenimiento, contemplándola para luego retirarte de ahí, sin decir ninguna palabra. Después de despertar ella te quiso conocer, me arriesgué a que abriera sus ojos hacia el futuro en el que vivimos, quedó asombrada. Te vio luchar al lado de Neo-Knight mientras le hacía compañía a Phil para que el pudiese filmar. La estoy observando, está sentada, pensando. Su semblante se ve triste, preocupado, sin embargo, su atención se concentra en el sagrario.

»Que Dios me ayude a consolarla, espero que lo haga. Después de todo lo que te dije, si aún tienes dudas de lo que sea que te depare el futuro, mira a tu alrededor, y aunque en él veas caos o que el mundo mismo se está yendo de cabeza a pesar de tus esfuerzos, recuerda y solo recuerda lo siguiente: el mundo es como una máquina, solo hay que saber cómo operarla.

Al terminar de leer, Mac Faraday nota como a lo lejos Daisy lo observa con una mirada tierna, como si esperase a que él le dijera algo. Sin embargo, no hay respuesta alguna y por ello se dirige a la puerta. Mac corre hacia ella y le dice mirándola a los ojos, entregándole la carta:

—Gracias, Daisy.

Ella recibe la carta y se dispone a salir, pero en el último segundo, antes de abrir la puerta por completo, se detiene volteándose y manifiesta:

—Jamás te agradecí por salvarme.

En ese instante, Daisy le da un rápido beso en la mejilla lo que provoca que Mac se quede estático. Al verlo, Daisy comenta con alegría:

—Veo que ya no estás triste. Buenas noches, Mac.

Ella se dispone a salir y él agrega:

—Daisy, yo... desde que me convertí en Mr. Killer-Bot, te debo de confesar que... nunca había sentido nada igual por alguien más... como lo que siento por ti. No sé si es mi parte robótica o humana, pero desde que te vi... me enamoré de ti. En todo este tiempo no pude decírtelo porque no quise que te enamoraras de mí, no quiero... volver a perderte, no lo soportaría una vez más.

Terminando su confesión, Daisy se detiene, y de una inesperada manera, le planta un beso en los labios. Después del inesperado acto, Mac le pregunta sorprendido:

—¿Por qué lo hiciste?

Ella, muy tierna y pacífica, le responde:

—Porque no existe nada que me impida no hacerlo.

La duda persiste, ¿es un hombre o un robot? Eso no le importa. Para nosotros él es y siempre será:

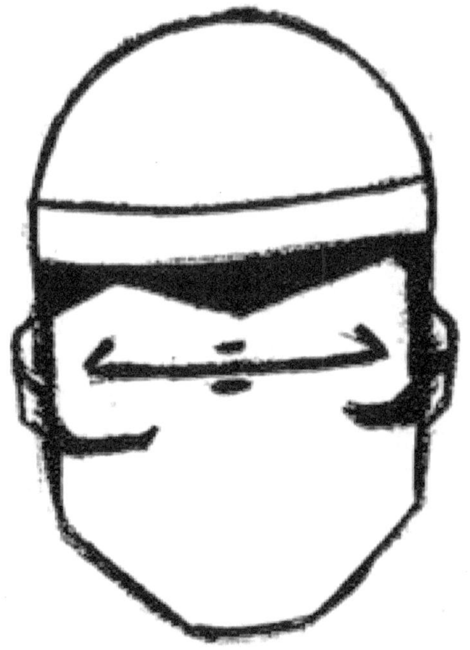

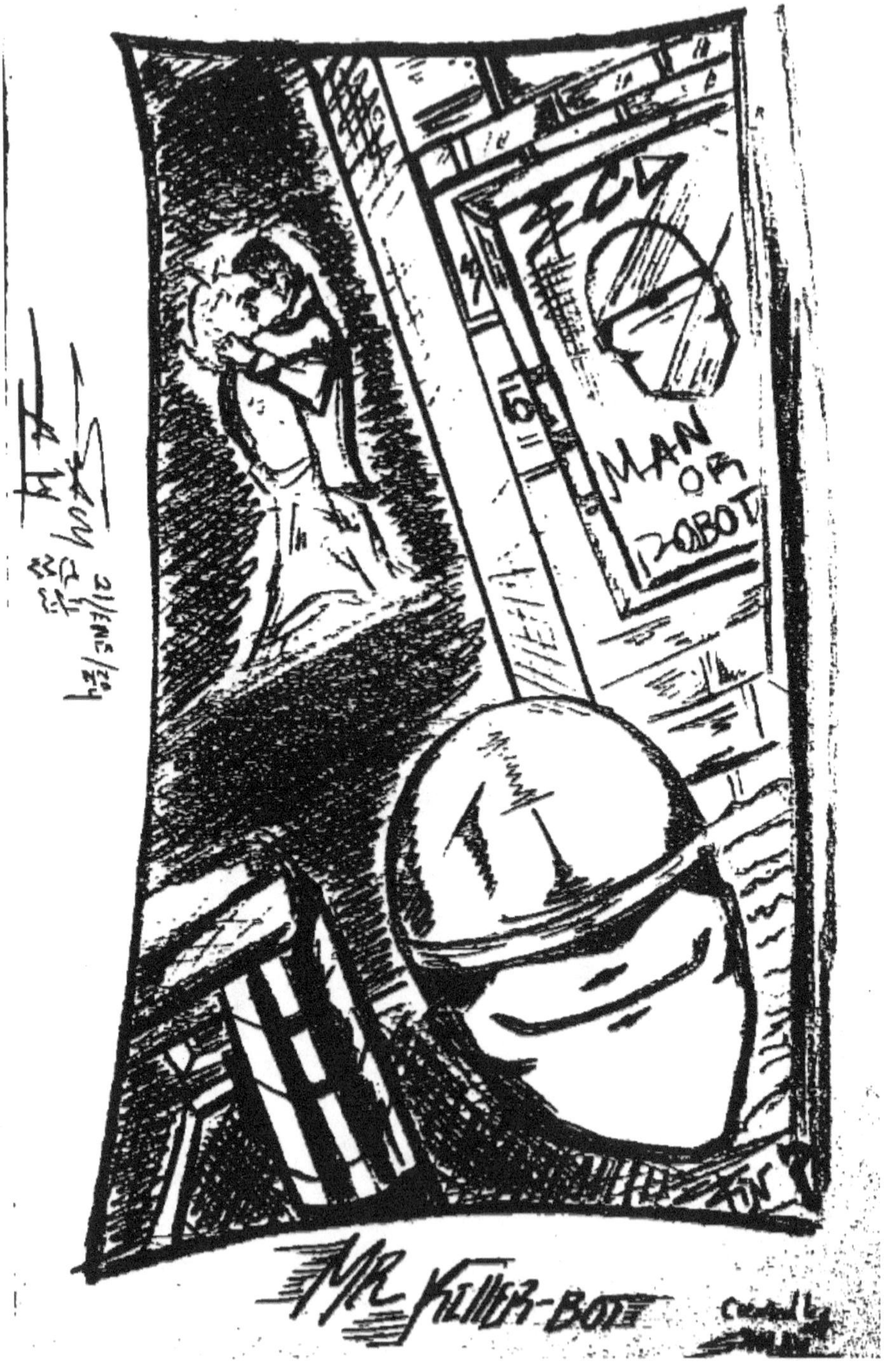

MAN OR ROBOT
MR. KILLER-BOT

CAPÍTULO Z
EL FUTURO DE UNA MÁQUINA

UNA TORMENTA SE PRESENTA Y, CON ELLO, APARECE DE IGUAL MANERA UNA FIGURA ANGUSTIADA.

EL DESCONOCIDO CAMINA MUY LENTO HACIA LA CIMA DE UN ACANTILADO DONDE DESEMBOCAN LAS TERRIBLES OLAS DEL FURIOSO MAR, BAJO UN CIELO PINTADO VERDE ESMERALDA. CONTEMPLANDO EL HORIZONTE GUARDA SILENCIO MIENTRAS SU MÓVIL Y MECÁNICO CUERPO OPERA SU MÁQUINA. NOTA DE FORMA SILENCIOSA QUE, DETRAS DE ÉL, UN HOMBRE HA LLEGA-DO;

ES AQUEL QUE SE HACE LLAMAR:

EL DR. FEARS.

—¿QUÉ NOTICIAS DEL MUNDO ME TRAE MI, VIEJO DOCTOR? —MENCIONA EL OBSERVADOR.

EL DR. LE ENTREGA UN PERIÓDICO, QUE ANUNCIA A ALGUIEN QUE JAMÁS CREYO VOLVER A VER:

MR. KILLER-BOT.

LUEGO, EL MISTERIOSO DOCTOR LE INDICA:

—EL FIN DE TODO ESTÁ ASEGURADO. EL CABALLERO HA DEJADO UNA CIUDAD DIVIDIDA PREPARADA PARA ACOGER... AL MIEDO. ¿QUÉ HARA CON... EL ASESINO DE MÁQUINAS?

—USTED ENCÁRGUESE DEL CABALLERO Y SU PRINCESA. DEJE QUE EL TIEMPO SE AGOTE, QUE EL TIEMPO CORRA. NADIE VERÁ, NADIE SABRÁ, CUANDO LLEGARÁ...

¡EL JUICIO FINAL!

NEW HERO,'S
DR FEARS AND...THE MECHANIC MAN.